ろし

時代小説

鬼縛り

天下泰平かぶき旅

井川香四郎

祥伝社文庫

目次

第一話　鬼縛り

一

花のお江戸のど真ん中、日本橋《にほんばし》の袂《たもと》で、こともあろうに刀を抜き払って果たし合いが始まっていた。

いや、果たし合いなどという上等なものではない。どちらも食い詰め浪人のようだが、昼間から酒を浴びていて、つまらぬことで喧嘩《けんか》になったのであろう。

無精髭《ぶしょうひげ》を生やした薄汚れた袴《はかま》姿の浪人者ふたりが、真っ青な空の光を浴びて、白刃《はくじん》を突きつけあっているのは異様な光景だった。どちらも精彩の欠ける中年である。

あたりには、出商《あきんど》いの商人や職人、町娘など無数ともいえる野次馬が集まって、固唾《かたず》を呑《の》んで事の成り行きを見守っていた。

「奉行所の役人はまだか」

「何をやってやがる」

「さっさとしねえと、本当に死ぬぜ」

「真っ昼間から、何やってんだ、まったく」

不安な声があちこち洩《も》れる中で、ひとりの商人風の若者が、

「さあさ、どっちが勝つか見物《みもの》だ、さあ、張ったり、張ったりィ！　黒鞘《くろざや》の侍が勝つと思う人は右の手に、赤鞘が勝つと睨《にら》んだ方は左の手に、金を入れとくれ！　十文から受けつけるよ！　当たった人には倍返し！　おらんか、おらんか！　さあ、張ったり、張ったりィ！」

と虚無僧《こむそう》が差し出すような銭盆を両手で差し出して、野次馬の前をぐるぐると巡《めぐ》っている。

おかしなもので、闘犬や闘鶏でも見ているような錯覚を起こすのか、商人の啖呵《たんか》売りのような口車に乗せられたのか、銭盆には次々と小銭が溢《あふ》れんばかりに増えていくから不思議である。

「勝てば倍返し！　さあさあ、両方に張っても構わないよ！　見た目にゃ赤鞘が強そうだが、人は見かけによらない。勝った方が強いのよ。勝負は時の運、賭《か》けは所の運！　右か左か、選んでおくれ、こっちはあんたの運試しい！」

俺も賭ける、私もやると、あちこちから声をかかるたびに、商人風の若者は身軽にひょいひょいと移っては銭を受け取っていた。武家の果たし合いを目の当《まあ》たりにして、いずれが勝つか賭けることはよくあったことだ。それが転じて、金を賭けて勝負をする、大道芸の〝立ち合い〟にもなったのである。

「さあ、もうおらんか！　そろそろ締め切るよ！　ほら見てご覧なさいな！　お互い今にも斬《き》りかからん気合いだ！」

商人風の若者は両手の銭盆を差し出し、近くの路地から爪楊枝《つまようじ》をすうすうさせながら近づいてくる六尺（一八〇センチ）近くある大柄で、精悍《せいかん》な総髪《むしり》の侍に、

「旦那《だんな》も一丁、どうです？　ヤットウの目利《めき》きであれば、どっちが勝つか分かるんじゃありませんか？」

と声をかけた。

四十がらみの侍はプッと爪楊枝を商人風の若者に吹きかけると、そのまま野次馬を割って、刃《やいば》を向け合っている浪人たちに近づいた。その鷹揚《おうよう》で、無頓着《むとんちゃく》な様子に、野次馬たちから声が洩れた。

「何をする気だ……」

「あの素浪人、どっちかの助太刀《すけだち》をするつもりか」

囁《ささや》かれる声など気にする様子もなく、侍は鞘ごと刀を抜くと、誰の荷か知らないが、近くにあった行李《こうり》に腰掛けて、にやにやとふたりの浪人を見守りはじめた。浪人たちは、妙な侍の様子が気になったものの下手に目を逸《そ》らせば、打ち込まれるやもしれぬ。気勢がそがれながらも、

「なんだ。邪魔をするな」

と同時に、同じ言葉を吐いた。

「ほう。なかなか気があってるな。そろそろ、ぶつかり合ってよいのではないか？」

「な、なんだと……」

「俺は賭けてないから、どっちが勝とうと知ったことではないが、同じ侍としてチト興味がそそられてな。ささ、俺のことなんぞ気にすることはない。続けるがよい」

「貴様……からかっておるのか」

侍はすうすうと奥歯を鳴らすと、別の爪楊枝を出して、口の中をいじりながら、

「そこの一膳飯屋で、鴨《かも》丼を食ったところなんだが、これが見事なくらい美味《うま》くてな。二杯もお代わりをした」

鴨丼と聞いて、野次馬たちもエエッと声を上げて尻込《しりご》みした。先年に出された『生《しょう》類憐《るいあわれ》みの令』なるもので、牛馬のみならず、鳥や魚介類に至るまで、殺生《せっしょう》を禁じられていたからである。

『生類憐みの令』というのは、次々と出される御触《おふれ》の総称みたいなもので、明瞭な刑罰が記されているわけではない。しかし、禁令であることには間違いないから、江戸町民は処罰を恐れて、実直に守っていた。それゆえ、四十がらみの侍の言うことに驚

きを隠せなかったのだ。

「皮はパリパリに焼けているが、身はとろりと柔らかく、甘辛い醬油《しょうゆ》が染みてて、滋味《じみ》もなかなか深そうでな……いや、嘘だと思ったら食ってみろ。もっとも負けたら食えないか、はは」

「…………」

「何をびびっておる。殺し合いをやろうって奴が、鳥を食ったくらいで驚くな。それに、鴨ってのは嘘だ。凍《し》み蒟蒻《こんにゃく》を鴨に見立てて作ったものだ。これがまた、本物に増して妙に美味い」

浪人ふたりは益々《ますます》苛《いら》ついた顔になったが、腰掛けた侍は余裕の笑みで続けた。

「見たところ、腕前はどっちもどっち。それゆえ、相手の急所なんぞ到底、狙《ねら》い打ちできないから、変な所に当たって、のたうち回るのは目に見えている」

「な、なんだと……」

黒鞘がそう言うと、赤鞘がずりっと半歩間合いを詰めた。

「惜しいッ。今、打ち込んでおれば、黒鞘さんは袈裟《けさ》懸《が》けを食らったのに……踏み込めないのは、相手に剣が届かぬという自信のなさに加えて、きちんと間合いが分かってないからだ、赤鞘さん」

「こんな調子じゃ、お互い下っ腹あたりに刀が触れて、ずるずると腸《はらわた》がはみ出て、情けない悲鳴を上げながら死んでいくしかあるまい。武士たるもの、そんな死に方はしたくないものよのう。ああ、きっと痛いぞ。痛くしないために、一太刀で相手の息の根を止めてやらねばなるまい。それこそが武士の情け」

ザザッと浪人たちは間合いを取るように、後ろに飛び退《すさ》った。

「その間合いでは、まったく用をなさぬ。そんな覚悟では勝負になるまい。どうせなら、もう刀を引いたらどうだ。どうせ酒でも飲んでいて、つまらぬことで諍《いさか》いになっただけであろう。肩が触れたとか、鞘が当たったとか」

「…………」

「図星だな。まあ、気持ちは分からんでもない。俺もおまえたちと同じ浪々の身だ。元禄《げんろく》と元号が変わってもこの御時世、幕府も藩も、不景気だの飢饉《ききん》だのと言って、簡単に首切りをするからな。切られた方はたまらん。この年になると、仕官先なんぞ、めったにないからな。今日も口入れ屋を何軒も廻ったが、見つけたのは飯屋の薪《まき》割りだ。ま、そのお陰で、鴨井もどきにありつけた」

「ええい、黙れ黙れ！　貴様と俺たちとは違うのだ！　武門の意地なのだ！」

「黙れッ」

今度は赤鞘が声を荒らげた。

「そうは言ってもな、江戸府内で侍同士の喧嘩は御法度《ごはっと》。正式な果たし状もなく、お上の許しも得てないのでは、どっちが勝とうが切腹が待っている。見ろ、この野次馬を……どっちかが死ねば、誰かが儲《もう》かる」

「…………」

「つまらぬことに命を賭けることはあるまい。どうだ……そろそろ酔いは醒《さ》めたか……もっとも、俺も酒は嫌いな方ではない。奢《おご》ってくれるなら、その辺でつき合うぞ。相身互《あいみたが》い、浪人者の悲哀《ひあい》でも語って、傷の舐《な》め合いでもしようではないか」

「ふ、ふざけるな！」

まったく同時に、黒鞘と赤鞘は大声を発して、刀の切っ先を大柄な侍に向けるなり、キエーイ！　と裂帛《れっぱく》の叫びを上げながら、斬り込んできた。

だが、侍は身動きひとつせず、まばたきもしない間に、ふたりの浪人の鳩尾《みぞおち》に柄《つか》頭《がしら》を打ち込んで、たたらを踏んで倒れかかるところに足をかけた。ふたりとも吹っ飛ぶように野次馬の前に転がった。

「貴様ッ！」

浪人たちが懸命に立ち上がって振り返ると、侍はすでに、いつでも斬り倒すぞとばかりの隙《すき》のない構えだったが、目はほのぼのと微笑《ほほえ》んでいた。

——到底、勝ち目はない。

と思ったのであろう。ふたりは埃《ほこり》を払いながら立ち上がると、刀を拾って、お互い別々の方へ、そそくさと立ち去った。

「勝負なし、だな」

侍が、銭盆を持った商人風の若者に投げかけるように言った途端、野次馬たちは一斉に、

「金返せえ！」

「俺は二朱もかけてたんだぞ！」

「うるせえ、こっちは一分だ。引き分けでも倍返ししろ！」

などと押しかけた。

「勘弁してくれ。こら、待て、勝手に賭け金を持って帰るな！」

必死に叫ぶ商人風の若者は、もみくちゃにされて、野次馬の山に埋もれてしまった。

そんな様子を——。

橋の欄干《らんかん》に凭《もた》れながら、ほおずきを嚙《か》んでいる女が見ていた。市女笠《いちめがさ》をかぶって、

上物の花柄の大島紬《つむぎ》を着崩している。艶《あで》やかに光る黒い瞳の奥には、飄然《ひょうぜん》と立ち去る侍の後ろ姿が映っていた。

「妙なお人だ……この人なら……」

呟《つぶや》く女の厚い下唇が、色づいて濡《ぬ》れた。

二

立派な冠木門《かぶきもん》に、『尚武館《しょうぶかん》』という門札が掲《かか》げられている。まだ真新しく、白木に刻み込まれた墨書も鮮やかだった。

その前に立ち止まった黒袴の屈強な浪人が、手にしていた槍《やり》をぐいと握《にぎ》り直すや、

「頼もう！」

と野太い声を発した。

浪人といっても、まだ若々しい顔だちである。背はさほど高くはないが、首から肩にかけて盛り上がっている筋肉は徒《ただ》ならぬ修行の賜《たまもの》であり、でんと構えた両足の脹《ふく》ら脛《はぎ》の太さも、並々ならぬ武芸者であることを物語っていた。

小石川伝通院《こいしかわでんずういん》前の善光寺《ぜんこうじ》坂の途中にあるこの町道場は、剣術の鍛錬《たんれん》はもとより、幕

府を支える士魂を育てるために、朱子学《しゆしがく》を中心とした学問も叩き込んでいた。さらに一歩進めて、

――民のために働くことが、将軍のためである。

という逆転の思想も伝授していた。武士のための政《まつりごと》であってはならぬという、道場主の考えがあったからである。道場主とは、大田原幽山《おおたわらゆうざん》という学識豊かな、昌平坂《しようへいざか》学問所でも教授をしていた人物だということだ。

槍の浪人の何度かの掛け声に応じて、門弟がひとり門前まで出てきた。

「拙者《せつしや》、武州《ぶしゆう》浪人・河田正一郎《かわだしよういちろう》という者でござる。幽山先生に武術並びに学問の教えを賜《たまわ》りたいと参りました。ぜひ、お目通り願いたいのですが、よろしくお願い申し上げます」

いかにも生真面目《きまじめ》そうで丁重な物腰の正一郎に、宇佐美《うさみ》と名乗った門弟も真摯《しんし》な態度で答えた。

「館長先生は来る者は拒《こば》まず、去る者は追わずのお方でございます。どうぞ、お入り下さい。只今、稽古《けいこ》中でありますれば、見学なさればよろしかろう」

「これは、ありがたい。では早速……」

門を潜《くぐ》って、石畳をまっすぐ行くと母屋《おもや》の玄関があり、その横手に屋根つきの渡り

廊下があって、道場に続いていた。木刀を打ち合う激しい音と気合いの入った声が、小気味よく正一郎の耳に飛び込んでくる。

――なるほど、噂《うわさ》に違《たが》わぬ厳しい稽古とみえる。

正一郎は心底そう思った。道場脇の縁側に通されて座ると、丁度《ちょうど》、道場の正面にある神棚が見え、その下に座した稽古着姿の幽山が鋭い目で、門弟たちの動きを見ていた。いかにも武芸者らしく、総髪に顎《あご》髭の五十がらみの男だった。

「………」

幽山は正一郎がちらりと目に入ったようだが、眉間《みけん》に皺《しわ》を寄せたまま、門弟たちの稽古を眺め続けた。正一郎もじっと見入っていたが、

――おや？

と目を細めた。これだけ激しい足捌《さば》きで、飛んだり跳ねたりしているのに、門弟たちは誰ひとりとして汗をかいておらず、息も乱れていない。かなりの鍛錬を積んだものだと感じた。実に、理に適《かな》った動きをしている。これは重くて長い槍を扱う武芸に通じるものがあり、大いに参考になった。

「稽古、やめい！」

鋭い声を発すると、直ちに門弟たちは動きを止め、それぞれの決まった所に座し

た。その動きも実に華麗で、少しの無駄もない。むしろ、気味が悪いくらい整っていた。

「先生、入門を願い出て来た河田様です」

宇佐美が丁重に言うと、再び、正一郎は幽山と目がガチンと合った。

「そこもと……なかなか、できると見た」

いきなり幽山が声をかけたので、正一郎は戸惑《とまど》ったが、この不意打ちこそが、目の前の武芸者の真骨頂《しんこっちょう》かもしれぬ。少し嫌な感じを受けた正一郎だったが、深々と頭を下げて、

「さすが、天下にその名を轟《とどろ》かせる幽山先生の稽古。篤《とく》と拝見仕《つかまつ》りました」

「世辞はよい。本当は自分の方が出来る……そう思うたであろう」

「とんでもございませぬ」

「いや。思うたはずだ。隠しても、心の中は顔に自《おの》ずと現れるものだ」

「それだけ、拙者の修行が足りぬということですな」

「狙いは何だ」

「は？」

「道場に来た理由だ。もはや学問をする気などさらさらなく、剣術や槍術もかなりの

腕前と見たが……つまりは、仕官か」

「はは、これは一本、取られましたかな」

正一郎は頭を掻《か》いて、胸の裡《うち》を正直に申し述べた。

「ご推察のとおりです。ここで学べば、幕府の御家人として仕官できる。そう聞いたものですからな」

幽山はじっと見つめ返した。門弟たちも爛々《らんらん》と目を輝かせて、正一郎を見ている。

「うちの門下生を見て下され。ほとんどが浪人の子息ばかりだが、いずれも出世や仕官なんぞ、少しも望んではおらぬ。自らの思いや考えを叶えるために、少しでも世の中をよくするために、純粋に学び、ひたむきに稽古を重ねておるのだ」

「なるほど……みんな、よい顔をしている。三十路《みそじ》を越えた私とは雲泥《うんでい》の差だ。しかし、このひたむきさゆえ、陥《おちい》る罠《わな》もある」

「ひたむきさゆえ、陥る罠……」

「さよう。たとえば、一度、信じたら、騙《だま》されていたとしても、ひたすら信じ続け、愚行《ぐこう》に走ることもあろう」

少し棘《とげ》のある言い草に、門弟たちの顔が一瞬にして強張《こわば》った。それを察した正一郎だが、素知らぬ顔で、幽山を見続けた。

「――まこと。若者はまっすぐ過ぎて、ときに過ちを犯すものだ。そうとは知らずにな。だからこそ、我々、大人が間違った道へ行かぬよう導いてやらねばなるまい」

「ですな……」

腹を探るように見つめ合ってから、幽山はおもむろに立ち上がりながら、

「一手、如何《いかが》かな」

「喜んで、お受け致します」

幽山に門弟が木刀を渡すと、正一郎は道場を見廻して、九尺（二・七メートル）程もある棒を手にした。

礼をしてから構え、じっと向かい合ったふたりの間には、一瞬にして誰もが近づきがたい緊張が走った。微動だにせず、相手との呼吸や間合いを計っている。

「………」

ゆっくりと幽山が青眼《せいがん》に構えると、正一郎は一歩引いて、棒を肩に担ぎ、その先が天井を指した。瞬《また》く間に、真剣な顔になった正一郎と幽山は、ほとんど同時に踏み込んだ。

ガッ――。

一太刀だけ合わせて、次の瞬間、互いに素早く打ち込み、何度か目に見えない速さ

で重ね合った。深閑《しんかん》とした道場の中で、木刀と棒の打ち合う音だけが響き、それぞれの得物の動きが生き物のように見えた。

伯仲《はくちゅう》する腕前に、息を呑んで見ていた門弟たちも、思わず腰を浮かせるほどだった。

「キエーイ！」

同時に気合いを吐いた次の瞬間、正一郎と幽山は、それぞれ人中《じんちゅう》や眉間に、刀先と棒の先端を寸止めで突きつけた。まさに互角だった。

「お見事……なかなかの腕だ」

微笑んで幽山が言ったが、正一郎はすうっと身を引いて、

「いいえ。私の負けにございます」

「…………」

「これが真剣と槍であれば、私の動きはもう少し遅くなり、何度か柄に真剣の刃を受けていますから、とうに槍は折れていたかもしれませぬ」

「さあ、それはどうか……三手目の突きで、私の喉が突き抜かれていたやもしれぬ」

「恐れ入ります」

「入門を許す。おぬしのような者を、実は私も探しておったのだ」

にこりと笑う幽山を、正一郎は不思議そうに見つめ返した。お互い微笑みは洩らしていたが、最後まで緊張は解かないでいた。

幽山は門弟たちに稽古を続けさせ、正一郎を奥の間に案内した。

「ささ、まずは一献《いっこん》……なに、師範と弟子の杯《さかずき》だと思うてくれ」

と幽山が銚子《ちょうし》を差し出した。

「それが、私は下戸《げこ》でして、一滴も飲むことができないのです。申し訳ありませぬ」

「そうであったか……」

残念そうに幽山は銚子を置いて、

「卒《そつ》を見ること嬰児《えいじ》の如《ごと》しとは、よく言ったものだが、これまた兵法である」

「お褒《ほ》め頂きありがたいが、私は赤ん坊のように大切にされても、言うことを聞かぬかもしれませぬぞ」

「慎重な言葉だな。まこと、貴殿のように心から信頼できる者が欲しかったのだ。ここを訪ねてくれたのも何かの縁であろう。この道場を助けて欲しい」

「助けて……？」

「戦国は遙《はる》か遠くになり、泰平《たいへい》の世とはいうものの、すっかり武士の気骨もなくなった。だからこそ、人として、侍として矜持《きょうじ》をもって生きねばならぬ。私は誰もが幸せになれる、大きな力が欲しい」

「……………」

「御公儀は大勢の浪人を生んでおり、江戸は職を失った者たちや無宿者で溢れている。さようなことがない世の中こそ、まことの泰平ではないか？　私はさような国造りをしたいのだ。国造りは人造りに尽《つ》きる。それゆえ、微力ながら、若者たちに高い志《こころざし》をもって、それを実践する力を養わせたいのだ」

「なるほど……世の中には、才覚がありながら、埋もれざるを得ない人も大勢おりますからな。それを生かす世の中にすべきですね」

「貴殿のような侍こそ、必要なのだ」

面映《おもは》ゆいことを言われたせいか、正一郎は先刻の印象と変わって、少しだが幽山に惹《ひ》かれるものを感じていた。恐らく若い門弟たちは、この独特な気骨ある風貌《ふうぼう》と雰囲気に、たちどころに心を摑《つか》まれたのであろう。

「そこで、早速だが……貴殿に頼みがある」

「頼み、ですか」

「公儀御用達《ごようたし》という看板を盾《たて》に、浪人を食い物にしている商人がいる」

「浪人を？」

「いや、浪人だけではない。暮らしに困っている民百姓に、高利で金を貸し付けては、強引に取り立て、それでも返せなければ、御公儀のさる役人と結託して、佐渡《さど》送りというきつい裁きを下しているのだ」

「そんなことが……」

たしかに、正一郎も噂には聞いたことがある。

「もしや、その阿漕《あこぎ》な商人とは、一石橋《いっこくばし》にある江戸で一番の……」

「ああ。その両替商のことだ。己《おの》が懐《ふところ》ばかり肥やし、人を人とも思わぬその商人に、天誅《てんちゅう》を加えて貰《もら》いたいのだ」

「天誅……をな」

わずかに訝《いぶか》しく思った正一郎だが、黙って聞いていた。

「さすれば、貴殿の仕官、必ず叶えよう。この私が後見人になってな」

毅然《きぜん》と熱いまなざしで見やった幽山に、正一郎は吸い込まれるように頷《うなず》いていた。

三

一石橋は日本橋川に架《か》かっており、北側には金座の後藤《ごとう》家、南側には呉服商の後藤家があったので、〝五斗〟がふたつで〝一石〟と洒落《しゃれ》てつけられた橋名だという。

その金座のすぐそばの大通りに面している、十間《けん》(一八メートル)余りもある大きな間口の両替商『伊勢屋《いせや》』の離れでは、主人の儀右衛門《ぎえもん》が切餅をふたつ、つまり五十両もの大金を、上座で胡座《あぐら》をかいている素浪人に差し出していた。

「ご浪人様は、喧嘩していた浪人たちを〝犬分け水〟のように、蹴散《けち》らしたそうですな。ええ、なかなかの知恵者ですねえ」

犬分け水とは、路上で嚙み合っている犬を見つけたときに、柄杓《ひしゃく》でかける水のことである。たとえ野良犬でも、将軍綱吉《つなよし》が大切にしているお犬様である。原因が何であれ、犬に怪我《けが》をさせてもいけない。棒などで叩けば、人間の方が入牢刑だ。ゆえに、水をかけて、引き離すのである。

「刀の腕前も凄《すご》いと、このお藤《ふじ》から聞きました」

と傍《かたわ》らに控えている妖艶《ようえん》な女を見やった。日本橋の欄干に凭れて一部始終を見ていた、あのほおずきの女である。

「どうでしょう。五十両でご不満ならば、さらに切餅ひとつ上乗せ致します。どうか、私の命を……命を守って下さいませ」

哀願《あいがん》するように言う儀右衛門の顔には、まったく切羽《せっぱ》詰まったような雰囲気はない。金にものを言わせて、腕利きの用心棒を雇っておけば安心だというのであろう。

「肥《ふと》っておるなあ」

四十がらみの侍は、儀右衛門の腹を見て、しみじみと言った。

「年はさほど俺と変わらぬようだが、一体、その中に何が入っておるのだ。あんこかなんか知らぬが、なかなか腹ごなしができぬとみえる。胃や腸でこなれぬような小判が詰まっておるのかのう」

「ご冗談《じようだん》を……」

「伊勢屋。おまえは江戸で指折りの阿漕な商人だということは、誰でも承知している。金さえ積めば、助けてくれるとでも思っているのか？」

「…………」

「おまえの用心棒になんぞなったら、俺の方が袋叩きにあうかもしれぬ。江戸っ子たちは気が荒いからな」

「ご浪人様……」

困惑する儀右衛門に助け船を出すように、お藤が鈴の音のような声で、

「そうおっしゃらずに旦那……その堂々とした態度、物怖《ものお》じしない行い。久々に、〝まっつぐ〟な気持ちの男を見ましたよう」

「当たり前のことをしたまでだ。あれでは本当に怪我をしておしまいだ」

「そんな、通りすがりの奴のことなんざ、ふつうはどうでもいいじゃないですか。生きようが死のうが」

「おまえは、そんな女なのか？」

「ええ。余計な面倒は御免被《ごめんこうむ》りますよ」

「そうか。可哀想《かわいそう》な女だな」

「どうしてです？」

「人は多かれ少なかれ、他人の面倒を背負いながら生きておる。殊《こと》に女は、そうした面倒を〝しょうがないわねえ〟と気軽に請《う》け負《お》うものだと思っていたがな」

「ふん。旦那とつきあった女は、バカばっかりじゃなかったのかい。ま、そんな話はいいよ。なりは立派でも懐が寂しいのは分かってますよ。ねえ、五十両が百両になっても、伊勢屋さんを守るお気持ちはないのかえ？」

「ふうむ……」

さらに目の前に積まれた切餅を眺めていた侍は、深い溜息《ためいき》をついて、

「……欲しくないといえば嘘になる。なにしろ、薪割りをせねば飯にありつけぬ様《ざま》だからな、あはは」

「だったら、考えることはないでしょうに」

「そうだなあ……」

「武士は食わねどなんとやら、ですか？」

「俺にはそんなものはない。ただ……」

「ただ？」

「飯を食うためだに、尻尾《しっぽ》を振るのがいやなだけだ」

「ますます気に入ったねえ、旦那」

お藤はポンと手を打って、濡れた唇を突き出した。

「じゃ、こうしましょう。これは私の用心棒代だ。か弱い女だったら、恐い人たちから守ってくれるだろう？」

「恐い人たち？」

「ええ。伊勢屋さんを狙う人は私の命も狙ってくるんだよ」

「おまえたちは、どういう関わりなのだ？　年は親子ほど離れているが」

「野暮天《やぼてん》だねえ……そんなの決まっているじゃない」

ねえとシナを作って、お藤は儀右衛門を見やると、男と女の仲であるような素振りをした。儀右衛門はまんざらでもない顔で頷きながら、

「とにかく……よろしくお願い致しますよ。自分で言うのもなんだが、私は世間で思われているような悪どい商人ではありませぬ。公儀御用達ということで、色々な人からやっかみを言われているだけです。暮らし向きのよくない人々にも、金や物を恵んでいるのですがねえ」

「悪さをする免罪符《めんざいふ》であろう」

あっけなく言い切った侍に、儀右衛門はさすがに眉間に皺を寄せたが、お藤がたしなめるように、

「お武家さん。そこまで言うことはないでしょう。一体、伊勢屋さんの何を知っているというのです？」

「ん？」

「噂だけを信じて、そのような思い込みで人を貶《おとし》めるお人とは思えませんがねえ」

「たしかに、そうだな。すまん、悪かった」

これまた素直に謝るから、お藤は益々、おかしくて、ぷっと笑った。

「ところで、旦那……名を聞いてなかったねえ。雇い雇われの身になるのだから、教えておいて貰いましょうか」

「名か……そうだなあ……」

遠い目になって、庭にある池の鯉《こい》を眺めながら、

「転んで頭を打ってから、すっかり忘れてしまってなあ」

「ええ？」

「本気にするなよ。だが、人の名なんぞ、何になるのかねえ。鰯《いわし》は鰯、犬は犬」

「変なお方だ。犬だって名がありますよ」

「亀山鶴太郎《かめやまつるたろう》……はどうだ。なかなか、めでたいであろう」

「どうだってねえ、旦那……その鶴は使ってはなりませぬよ。御禁制です。上様のお姫様の名がついてますからねえ。かの井原西鶴《いはらさいかく》さんも、西鵬《さいほう》と変えたくらいですから。もちろん、『鶴屋』とか『白鶴』とか屋号に使うのも禁止」

「禁止禁止と玉子じゃないのだから、なあ。御触も、パラパラと散らせばいいってもんじゃない」

「で、旦那の名は？」

「そうだな……戦国の世は遠くなり、この天下はすっかり泰平の御時世ゆえな、俺も天下泰平《てんかたいへい》でよかろう」

あまりにも屈託《くったく》なく言うので、

「天下泰平ねえ……というより、太平楽《たいへいらく》なお方だ」

お藤ははしゃぐように手を叩きながら、その名を繰り返した。

泰平と名乗った素浪人が、正式に用心棒になると切餅を手にしたので、儀右衛門は安心したように店に戻っていった。

その途端、お藤の顔色が妙な具合に変わった。シッと指を立てて、周りを見廻して、障子《しょうじ》を閉めると、

「旦那……ちょいと耳を……」

「丁度よかった。しばらく耳掻きをしてなくってな」

「そうじゃなくて……」

すうっと寄り添って、お藤は柔らかい声を艶やかな唇から洩らした。

「五十両、百両と言わず、千両いや万両という一攫千金《いっかくせんきん》を狙わないかい？」

「なんだ急に……おまえは伊勢屋の女ではないのか」

「本当に野暮だねえ。寝てるかどうか、そんなの見りゃ分かるだろう？」

「いや、分からぬ」

「なんだか調子が狂うねえ……ま、そこがいいんだけど、伊勢屋の主人は、でっかいお宝を隠しているんだよ」

「お宝……」

「ああ。その昔、御公儀から預かったという百万両の骨壺」

「百万両とは大きく出たな」

「なんでも、その中には本能寺《ほんのうじ》の変で消えてなくなった織田信長《おだのぶなが》の首が入っているとか。旦那の名じゃないが、天下を牛耳《ぎゅうじ》る神力が宿っているから、豊臣《とよとみ》家から徳川《とくがわ》家へと受け継がれてきたとか」

「おいおい。そんな出鱈目《でたらめ》な話……」

「話なんか出鱈目でもなんでもいいじゃないさ。とにかく、それが凄いお宝で、百万両もの値打ちがあるのなら、戴《いただ》きましょうよ」

「待てよ。俺に盗《ぬす》っ人《と》の片棒を担がせようってのか？」

「シッ……」

お藤は突き出した唇の前に人差し指を立てて、

「伊勢屋も、何処《どこ》かから盗んできたものなんだよ。横取りしたところで、誰も困る人はいないよ。それに……この骨壺は売れなきゃ金にならない。ただ、人のしゃれこうべが入ってるだけだからねえ」

「誰か買う者のあてでもあるのか」

「ええ、ありますよ。千代田《ちよだ》のお城の将軍様です」

「将軍……これは、またデカく出たな」

「百万両の言い値で買うこと間違いありません。変な御定法《ごじょうほう》ばかり作っているバカ将軍です。色々な亡霊に悩まされているらしいですから、この壺はてきめんに効きます。上様の御母堂《ごぼどう》が信心している隆光和尚《りゅうこうおしょう》なら、必ずや説き伏せられるでしょうよ」

「またまた大きく出たな。一体、おまえは何者なのだ?」

「旦那こそ、何者ですか」

「俺はただの素浪人……もっとも、昔は『お宝人』として諸国を旅したこともあるので、おまえの話にも少々、色気は出たがな」

「お宝人? 何ですか、それは」

「埋蔵金《まいぞうきん》だの隠し金山だの、あるいは先人が遺した書画骨董《こっとう》などを探し出す稼業《かぎょう》だ。もっとも、金に換えるのではない。あくまでも探すのが仕事だ」

「旦那……」

おかしそうに含み笑いをして、お藤はじっと見つめた。

「またぞろ、旦那の法螺《ほら》でしょう。そんな話聞いたこともない。私はこう見えて……」

と、お藤は言いかけて口をつぐんだ。

「いいえ、何でもありません。とにかく、信長の骨壺を見つけ出すまで、私の用心棒になって貰いますからね」

「こう見えて？」

「よかろう。本当に百万両の金があれば、幕府を頼らずとも、重税で暮らしに喘《あえ》ぐ、民百姓を救うことができるであろうからな。いや、なかなかよい話だ、わはは」

「……まったく、おかしなお人だこと」

お藤は囁いていた泰平の耳朶《みみたぶ》をガッと噛んだ。

「いてえッ。何をする」

「約束の指切り代わりですよ。天下泰平さん」

ふふっと笑って立ち上がると、お藤は何が楽しいのか、鼻歌で舞うように渡り廊下の方に立ち去った。

「変な女だ」

泰平も思わず白い歯を見せた。

四

その夜のことである。

両替商の寄合に肝煎《きもい》りとして出かけていた儀右衛門が、辻駕籠《かご》で木挽町《こびきちょう》を通りかかったとき、路地からひとりの袴姿が悠然と立った。脇に槍を抱えた河田正一郎だった。

「伊勢屋儀右衛門だな」

野太い声と威圧ある身構えに、駕籠舁《か》きは驚きのあまり、腰を抜かして、その場に崩れてしまった。途端、近くの物陰から、数人の浪人者が駆《か》けつけてきた。儀右衛門を守るために密《ひそ》かに伴走していた用心棒たちである。

「ほう。さすがは公儀御用達、後藤家の小判を預かるだけの商人だ。己の身を守るためには、金は惜しまぬというわけか」

駕籠の中からくぐもった声で、やってしまいなさいと聞こえた。すぐさま浪人たちは抜刀するや、気合いとともに正一郎に斬りかかってきた。

――スウッ。

と足音も立てずに、正一郎は浪人たちの切っ先をかわすと、ポンと穂先の鞘を外し、ぐるぐると円を描きながら、浪人たちを薙《な》ぎ倒した。ぶんぶんと空を切り、風が舞い起こった。

浪人たちはまるで、妖術にでもかけられたように、よろよろと倒れた。

「おのれ……！」

懸命に立ち上がろうとするが、踏ん張ることすらできなかった。

「愚か者めが。何処を斬られたかも分からぬのか」

正一郎が槍の穂先を向けると、数人の用心棒はいずれも、その場にバタバタと崩れてしまい、芋虫《いもむし》のように這《は》いはじめた。膝《ひざ》の筋を切られたのである。興奮のあまり痛みを感じていないのであろうが、やがて泣き出すに違いあるまい。

キッと駕籠に向かった正一郎は、人足には立ち去れと命じて、

「伊勢屋儀右衛門。おまえには縁もゆかりもないが、公儀御用達をよいことに、あまりにもの高利にて金を貸し付け、庶民を塗炭《とたん》の苦しみに陥《おとしい》れたるは断じて許し難《がた》し。天に代わって成敗するゆえ、大人しく出て参れ」

「…………」

駕籠の中から出てくる気配も返事もない。

「命乞《ご》いをしても無駄だ。おまえの悪事は重々、承知しておる。天誅を加える上は、俺とて、阿漕な所行の証《あかし》をもっての成敗だ。さあ、出て参れ。往生際《おうじょうぎわ》が悪いぞ」

「…………」

「ならば、覚悟せい！」

駕籠の目隠し越しに、正一郎は槍を突き抜いた。

「？…………」

手応えはない。さては、空駕籠だったかと槍を引き抜こうとすると、ぐいと中から柄を摑まれた。

「なんだ――!?」

物凄い力で、正一郎が引き抜こうとしても微動だにしなかった。さらに踏ん張ると、相手はいきなり力を抜いたのか、後ろに仰《の》け反《ぞ》るようによろめいたが、そこは槍の名人、柄で地面を突いて均衡を取ると、すぐさま身構えた。

同時に、駕籠から出て来たのは、天下泰平であった。ずいと立ち上がり、

「これはあてが外れて、申し訳ないな」

「……身代わり、か」

「渡世の義理というやつでな、用心棒を引き受けたからには、相手をせねばなるまい

な。しかし、嫌な世の中になったものだ。見知らぬ者同士、ろくに訳もなく、斬り合いをせねばならぬとは。浪人を増やした御公儀の施策とやらが、俺には怨《うら》めしい」

「やるのか、やらぬのか」

お互い一瞬にして、なかなかの腕前だと見抜いたのであろう。わずかに間合いを取り直しながら、相手の出方を探っていた。

「俺は武州浪人、河田正一郎。国では、槍の河田といえば、少しは知られた男だ」

「槍の河田、覚えておこう」

「おぬしは」

「天下泰平、生まれもっての風来坊《ふうらいぼう》とでも言うておこうか」

「ふざけたことを……」

正一郎は槍の穂先を地面に這わせるように左右に移動しながら、相手が斬り込んでくるのを待っている。だが、泰平の方はまだ刀も抜いていない。

「抜け……俺を侮《あなど》ると、死ぬぞ」

「侮ってなどおらぬ。斬り込む隙がないから、迷っているだけだ」

「…………」

「それほどの腕がありながら、殺しを請け負うとは、やはり金のためか。それとも仕官を約束でもされたか」

「!……なぜ、そのことを」

問合いを取りながら、正一郎は、泰平が何者なのか探るように見ていた。

「伊勢屋が、大田原幽山なる武芸者につけ狙われていることは、当人から聞いている。だが、俺の調べたところ、大田原幽山も少々、胡散臭《うさんくさ》い男だ。その者の話を真に受けて、簡単に人を殺してよいのか」

と泰平が言うと、正一郎は槍の穂先を地面ぎりぎりに這わせながら、

「俺とて鵜《う》呑《の》みにしたわけではない。天誅を加えるのだからな。それなりに調べた」

「それなりに、か……幽山の狙いは何か他にあるのではないか?」

「他に?」

「ああ。たとえば、伊勢屋を亡き者にすれば、公儀の息のかかっている者が、新たな伊勢屋の主人として入る手筈《てはず》になっている。それが、幽山と公儀との密約となっている……と聞けば、おぬしも天誅の刃を握る手が緩みはせぬか」

逆だった。泰平の言葉に、正一郎はブンと槍を一振りして、いっそう鋭く突き出してきた。思いの外、伸びてきた切っ先を一寸で見切って、泰平は鯉口《こいぐち》を切った。名刀龍門国光《りゅうもんくにみつ》である。龍門派は鎌倉から南北朝にかけて大和国吉野《やまとのくによしの》郡龍門庄で刀作りを

していた鍛冶《かじ》である。龍門庄は興福寺《こうふくじ》領にあり、かの義経《よしつね》が愛用したとの噂もある優美で強い太刀であった。

「もはや、話しても無駄のようだな」

言うなり、正一郎は鋭く槍を突いてきた。

泰平はその穂先を鋭く抜き払った刀で叩き落としたが、今度は背後から唸《うな》るような音を立てて、柄が回転して飛んできたように見えた。泰平はすんでのところで腰を屈めると、横薙ぎに払いながら、すり抜けた。

「待て、槍の河田とやら。話せば分かる。俺は伊勢屋の用心棒ではあるが、裏に何かあると思うからこそ潜り込んでいるまで。おぬしもそうは思わぬか」

「思わぬ……」

「しかし、おぬしは先程、駕籠の扉を突いてきたとき、わざと座っている場所を外していた。何か狙いがあるのであろう？」

「貴様こそ……何者だ……」

ふたりはお互い、もう一度、間合いを取りながら、打ち込む機を窺《うかが》っていた。

そのとき、すぐ近くで、

――ガルル。

と凶暴そうな声がした。泰平が見やると、正一郎の背後に、真っ黒な熊のような大きな野良犬が近づいてくるのが見えた。闇の中だが、地面に落ちたままの提灯《ちょうちん》の光を浴びて、目が異様に輝いている。涎《よだれ》とともにだらりと垂れている真っ赤な舌は、今し方、他の犬でも嚙み殺してきたのであろうか。

背中の異変に正一郎も気づいたようだが、振り返ることはできない。一瞬でも目を外せば、泰平に斬り込まれることは必至だからだ。

「犬だ……下手に動くとまずい」

泰平はそう言いながら、自分は少し歩幅を短くして、前に出た。

「まともに立ち合えば負けると踏んで、惑わせるつもりか」

「疑《うたぐ》り深い奴だな……よいか。俺が踏み込むから、おまえは横に飛べ。さすれば、犬は恐らく、おまえに食いつこうとする。そこを俺が斬る」

「斬る、だと？」

「さよう」

真顔で答えた泰平に、正一郎は薄笑いを浮かべて、

「お犬様を斬り殺せば、切腹だぞ。事実、磔《はりつけ》になった奴もいる」

江戸府内には、犬目付なる役人が密かに巡廻していて、犬をいたぶる者には厳罰が

科される。所払いや謹慎ならマシな方で、遠島《えんとう》や死罪もありえた。『御仕置裁許帳《おしおきさいきょちょう》』には細かく事案が記されており、人よりも犬の命の方が重いという内容になっているのだ。

「犬に噛まれて死ぬほどバカバカしいことはあるまい。その犬、明らかにおかしい。狂犬病やもしれぬ」

「なに……」

「よいか、合図を送るぞ……一、二……今だッ」

とっさに正一郎は横っ飛びをした。途端、猛犬が正一郎の背中に物凄い勢いで走って飛びかかった。間髪《かんはつ》入れず、犬の土手っ腹に、

——ズン。

と泰平の刀が斬り込んだ。どひゃっと得も言われぬ醜い音がして、犬はその場に落下し、ただの黒い物体として横たわった。

「!?——」

ひんやりとした気配を首筋に感じた泰平は、一瞬、シマッタと思ったが、まったく身動きができなかった。

「ぬかったな。生死をかけた勝負の最中、犬ごときに気を取られたおぬしの負けだ」

冷静に言い放った正一郎が槍の柄をぐっと捻《ひね》ったとき、

「なんだ！　貴様ら！　お犬様に何をした！　この痴《し》れ者！」

黒羽織《くろばおり》の同心が十手を掲げて、岡っ引や小者を連れて駆けて来るのが見えた。

「――面倒だな」

正一郎は槍の穂先を引いて、そのまま路地に駆け込んで逃げた。

すぐさま泰平も、提灯の灯りを踏み消して、そのまま別の路地へ飛び込んだ。

同心たちが走り寄って来たときには、大きな黒い犬と地べたで藻掻《もが》いている伊勢屋の用心棒たちの姿だけがあった。

「な、何事だ……何があったのだ……」

狼狽《ろうばい》する同心たちも、犬をどうしてよいか分からず、佇《たたず》んでいた。

五

「何、討《う》ちそこねただと？」

幽山は歯噛みして頬《ほお》を強張らせた。そして、うろうろと道場の中を歩きながら、苛々と爪を噛んだ。何度も吐き捨てるような怒声で、床を踏み鳴らした。その表情を

じっと見ていた正一郎は、少しばかり疑念を含んだ目になって、

「相手は、先生に命を狙われていると、すでに承知しておりました」

身代わりを立ててまで、あえて攻撃をさせた節もあると付け加えた。拳《こぶし》を膝に叩きつける幽山は、到底、理性のある人間には見えなかった。醜い腹の中を見せたくない者ほど、穏やかにふるまうものである。

――この人間の底を見た。

気がして、正一郎は俄《にわか》に、信じ切れないという思いに駆られた。つい先刻、刃を交えた天下泰平とて素性の分からぬ浪人だが、まだマシのように感じられた。

「伊勢屋が企みそうなことだ……あくまでも、自分の命だけは大切なのだ。あやつのせいで、どれだけの人が苦しめられたか……」

「………」

「しかし、おぬしほどの腕をしても倒すことの出来なかった、その用心棒とは、一体、何者なのだ」

「分かりませぬ。六尺近い体軀《たいく》で、腕も私と五分五分。飄然としていて、雲のように摑み所のない男でした」

「今までは、取るに足らぬ痩《や》せ浪人ばかりだったが、それほどの凄腕を雇ったとなれ

ば、いよいよ我が身が危ういと感じとっておったのか……あるいは、公儀の手の者やもしれぬな」

「公儀の？」

「うむ。奴は幕閣連中にも金をばらまいて、江戸の両替商の肝煎りとして、やりたい放題で利息を上乗せしている」

この時代、いわゆる〝法定利息〟は、今でいえば年利にして一割六分くらいである。それを二割、三割と厳しい高利を課して、幕府の威光を笠に厳しい取り立てをしているのである。

殊に武家に対しては厳しく、財政難の武家はことごとく御家を潰《つぶ》さざるを得なくなってきている。大名の中にすら、伊勢屋から借金をしたばかりに、改易《かいえき》になったところもある。これもまた、余分な藩を潰して行くという幕府の方針に荷担していることに他ならない。幕閣と組んで行っていることであろう。

藩が潰れれば、当然、浪人が増える。幽山はその施策に怒りを抱いているのだと言った。

「ならば、幽山先生……浪人たちを公儀に仕官させる話とは矛盾《むじゅん》しませぬか？」

「む？　なぜだ」

「幕府に怨みを抱いている者を仕官させることがです。それに、そもそも仕官をさせる力があなたにおありですか」

「誤解をするな、河田。私は公儀が悪いなどとは微塵《みじん》も思っておらぬぞ。徳川幕府は盤石《ばんじゃく》でなければならぬ。そのためには、己が懐ばかりを肥やす幕閣連中を一掃することが大事なのだ。でなければ、徳川家の安泰もない。利権に群がる輩《やから》を成敗することこそが、天下万民のためになるのだ」

「なるほど……」

正一郎は頷いたものの、納得したわけではなかった。その言葉にも裏があると、何とはなしに勘づいてきた。

「では、如何《いかが》なさいます。伊勢屋ひとりを亡き者にしたところで、代わりの商人はいくらでもおりますでしょう」

「うむ……」

腕組みで考え込んでいた幽山は、おもむろに立ち上がり、「かくなる上は……」と道場に出向いて、稽古をしていた門弟たちに声をかけた。

宇佐美を筆頭に、門弟たちはすぐさま整然と座した。その者たちを見廻して、

「かねてより、おまえたちに言い含めてきたこと、実行に移すときがきた」

と幽山は敢然《かんぜん》と言った。

片隅で、正一郎も様子を窺っていた。

「我々の目的は只一つ。幕府の中枢で胡座《あぐら》をかく悪い膿《うみ》を吸い出すことである。そして、新しい血を注ぎ、悪政と評されている幕府を立て直すのだ。それが理想に燃える、おまえたち若い者の使命だ」

あまりにも突飛な幽山の言葉に、正一郎は不審を感じた。が、門弟たちは一点の曇《くも》りもない目で、幽山のことを見つめている。ぎらぎらとした輝きに満ちている。

「上様はかつて、儒学《じゅがく》を中心とした〝天和《てんな》の治〟と呼ばれる善政を敷いて、知徳政治を行っていた。それを支えていたのが、剛毅であり峻厳な武門として誉《ほま》れの高い大老・堀田筑前守正俊《ほったちくぜんのかみまさとし》様だった。それを若年寄の稲葉正休《いなばまさやす》めが刺殺したのは、おまえたちもよく覚えておろう。それからというもの、悪政に傾いているのだ」

「…………」

正一郎は冷静に聞いていた。

「その悪政に陥るのを止めるのは、おまえたちしかおらぬ。先般、柳沢吉保《やなぎさわよしやす》が上様の御側用人になったことも承知しているであろう。これは老中若年寄の待遇だ。小姓上がりのあやつに何ができよう。いや、ますますもって幕府の屋台骨を、中から腐らせる輩だ……今こそ、世の中を変えねばならぬ」

「はい！」

門弟のひとりが声を上げると、他の者たちもつられるように気合いを発した。

「一同！　我らの主君は徳川家である。忠臣の顔をして、幕政をないがしろにしている幕閣連中を討つことこそが、真の忠臣である。上様に成り代わって天誅を下す。それこそが、我らの務めである」

縷々《るる》と述べた幽山は、さらに語調を上げて、

「明日の子《ね》の刻限、決起する！　天誅を下す幕閣は、こやつらだ！」

幽山は道場の神棚に手を伸ばして、置いてあった巻紙を掴むとバッと広げた。

そこには、老中阿部豊後守《あべぶんごのかみ》、同じく戸田《とだ》山城守《やましろのかみ》、寺社奉行酒井《さかい》河内守《かわちのかみ》、勘定奉行小菅遠江守《こすげとおとうみのかみ》ら数人の名が列記されていた。

「我らの手勢では登城や下城中に斬り込むのは難しい。よって、夜中に寝所に押し込み、首を取る。よいな！」

力強く幽山が声を上げると、

「えいえい、おう！」

と門弟たちが何度も、まるで勝ち鬨《どき》の声のような雄叫《おたけ》びを繰り返した。

「――これが狙いだったのか、幽山先生」

一際、冷静に語りかけた正一郎に、門弟たちは威圧するような目を向けた。

「さても、さても、よくこれだけ手懐《てなず》けたものだ。職がなく、されど純真な若者を、仕官を餌《えさ》にかような謀叛《むほん》に駆り立てるとは」

正一郎がそう言った途端、

「なんだと！」

「無礼者！　恥を知れ！」

「許さぬぞ！　その首、刎《は》ねてみしょう！」

などの声が門弟たちの中から湧き起こったが、正一郎の腕前はすでに承知している。問答無用で立ち向かってくる者はいなかった。正一郎は門弟たちをひと睨みしてから、

「幽山が語るのは、断じて正論とは思えぬ。兵法でもない。人の命を弄《もてあそ》ぶ、まやかしに過ぎぬ。いや、騙《かた》りだ」

「なんだと貴様！　そこまで愚弄《ぐろう》するとは、先生が黙っていても、俺たちが許さぬ！　さあ、槍を持て！　成敗してやる！」

「できるかな、それが……」

ズイと門弟たちを向いた正一郎は、

「俺は長年、浪々の身だったゆえ、何が真実で何が嘘か、あらかた見抜けるつもりだ。この大田原幽山の思いは……嘘八百だ」

「河田……」

今度は、幽山が鋭い目を向けた。

「そこまで言うならば、証があるのであろうな。そして、覚悟も」

「ならば、何故、伊勢屋を殺そうとする」

「奴は幕閣とつるんで……」

「私腹を肥やした話は聞いた。本当の理由はそれではあるまい」

「なんだと？」

「おまえは、この門弟たちを、その巻紙に書かれている幕府のお偉方の屋敷に乗り込ませ、襲《おそ》わせる。だが、それを成し遂げることができるなどとは、微塵《みじん》も思うておるまい」

「…………」

「屋敷に火を放ち、町奉行や火消しが大騒ぎをしている間に、伊勢屋の蔵から、千両箱をいくつも盗み出すつもりであろう。それが、諸国で盗みを働いてきたおまえの手口だ。いや……伊勢屋にこだわるには裏に何かあるようだな」

「なに……」

「まだ惚《とぼ》ける気か、幽山……いや、赤池《あかいけ》の亀蔵《かめぞう》さんよ」

「!?――」

「そして、そこな宇佐美と名乗る一の子分、鮫次郎《さめじろう》。そろそろ年貢の納め時だな」

「だ、誰だ、貴様……」

「さあ、誰かな。少なくとも、おまえたちの味方ではない」

「おまえこそ、公儀の手の者か」

「どうかな」

「ならば、貴様も薄汚れた幕閣の手先だ。ここにて成敗してやる。者共!」

いきなり立ち上がって、バラバラと刀を抜き払う門弟たちに、正一郎は一喝《いっかつ》した。

「盗賊になりたいのか! おまえたちは騙されているのだ! 大田原幽山などという武芸者はおらぬ! 昌平坂学問所の教授だったというのも真っ赤な嘘。公儀に追われる身になるのは、貴様らだけだ! その間にこやつは逃げ延びて、ぬくぬくと暮らすのだぞ!」

だが、門弟たちはまったく怯《ひる》まない険しい目を向けている。

「やれ！」

幽山の掛け声で、門弟たちは真剣を摑むや一斉に正一郎に斬りかかってきた。

「──やむを得ぬな」

正一郎は傍の槍を素早く取ると、ぶんと大きな弧《こ》を描いて門弟たちを薙ぎ払い、その勢いのまま天井を突いた。

すると、天井板がパカッと割れて、黄金色の小判がバラバラと落ちてきた。激しい音を立てて、あっという間に砂山のように床に盛り上がった。

凝然《ぎょうぜん》と見やった門弟たちは、息を呑んで立ち尽くした。

「これが、こやつの正体だ」

正一郎が槍の穂先を向けると、幽山は素早く翻《ひるがえ》って逃げ出した。同時、宇佐美も身軽に廊下から中庭に降りて、別の方へ逃げた。

門弟たちは何が起こったのか分からぬ様子で、茫然《ぼうぜん》と立ち尽くしていた。

「よいな。うまい話には必ず裏がある。ゆめゆめ忘れるでない」

吐き捨てるように言うと、正一郎は翻って、幽山を追った。

空には鋭い牙のような三日月が浮かんでいた。

六

翌日、伊勢屋の奥座敷では、儀右衛門が改めて、泰平に礼を述べていた。

「天下様がいなければ、私が殺されていたところでした。本当にありがとうございます」

「用心棒として当たり前のことをしたまで……それにしても、襲ってきた相手の気概は尋常ではなかったぞ。一体、おまえは何をしているのだ？」

と泰平が探る目つきになったとき、

「伊勢屋！　邪魔するぞ！」

と町方同心が、岡っ引や捕方数人を連れて、乗り込んで来た。番頭に呼ばれて、店に戻った儀右衛門は、

「これは、北町の秋月《あきづき》様」

すぐさまバカ丁寧に頭を下げて、

「物々しいでたちで、何用でございましょう」

「ゆうべ、おまえを乗せた駕籠が、何者かに襲われたそうだな」

「いや。乗っていたのは、おまえではなく、屈強な浪人だったらしいが……」

と店の奥の方を何気なく見廻しながら、

「駕籠舁きたちがすっかり話したのだ。分かっておるな」

「と、おっしゃいますと」

「その浪人が事もあろうに、御犬様を斬ったのだ。バッサリとな」

「ええ!?」

そのような話は聞いてないとばかりに眉根を上げて、奥を見やった。

「心当たりがあるのだな」

「いいえ、まったく……」

「だが、おまえの〝影武者〟が、御犬様を一刀にて切り裂いたところは、他の用心棒も見ている。理由はともかく、伊勢屋が雇った者がさような不届きなことをしたとあらば、いくら公儀御用達とあっても、言い逃れはできないのではないか?」

「は、はい……」

「殊に柳沢様が知ったりすれば、店は闕所《けっしょ》、おまえたちの身とて、どうなるか分かったものではない。斬った浪人とやらを、ここへ差し出せ。さすれば、伊勢屋、おまえは何の関わりもなかったこととしてやる」

「はあ、しかし……」

「何をためらっておる。店がどうなってもよいのか」

秋月に迫られて、儀右衛門はころりと掌《てのひら》を返したように、

「承知致しました。呼びましょう」

と番頭に目配せをした。

奥から出てきた泰平は、同心の姿を見て、自ら納得したように、

「ああ、ゆうべのことか。これは手回しの早いことだな」

と全く意に介さない様子だった。それに対して、余計、腹が立ったのか、秋月は十手を突き出して、

「御犬様を斬り殺したこと、認めるのだな」

「ああ、俺がやった。だが、御犬様はないだろう、御犬様は」

「無礼者！　御犬様を傷つけたるは、上様を愚弄するも同じ！　大人しく縛《ばく》につけい！」

「おぬし、本気でそのようなことを思っているのか？」

「えっ……」

「いつぞや、ある男が、ドブに落ちていた子犬を拾って育てたが、少し大きくなって面倒になったので藪《やぶ》に捨てたところ、役人に見つかって、その男は斬罪になった」

「…………」

「まあ、感心できぬことだが、殺すまでのことはあるまい。犬はその後も生きていたのだし、あまりにも理不尽だとは思わぬか」

「私は御定法に則《のっと》って、咎人《とがにん》を取り締まっているまで。文句があるなら、奉行所に来てから申し述べよ」

「悪法もまた法である……というわけか」

泰平はふっと笑って、

「よかろう。お堀の鯉を釣って死罪になった者もいる。そんなバカな御定法を野放しにするくらいならば、俺が町奉行を叩き斬って、犬と町奉行どっちが死ぬ値打ちがあるか、世に問うてやろう」

「益々もって無礼千万！」

「そうドタバタするな。この春の陽気に、いい花の匂いじゃないか……」

見れば殺伐《さつばつ》とした江戸の道端にも、鬼縛《おにしば》りが咲く頃となっている。薄い黄緑の小さな花が可愛らしいが、樹皮は硬くて、鬼を縛れるほど強いことから、その名がある。

「法も本来は、そうでなくてはなるまい」

「なんだと?」

「人を縛る法は、誰もが納得できるものでなければ、縛られる方も反省などするまい。悔やむこともあるまい。人心を惑わし、苦しめるだけだ……この鬼縛りのように、香《かぐわ》しいけれども、それゆえ厳しい法でなければ、人々は逆らうだけだ」

「つまりは、お上に逆らいたいのか! 構わぬ、今すぐひっ捕らえろ!」

躍《おど》りかかった捕方たちの六尺棒を掴んで、泰平はあっという間に投げ飛ばすと、

「縄などなくとも、自分で歩けるわい……伊勢屋。世話になったな。いや、世話をかけられたのはこっちか、ふはは」

のっそりと店先に出ようとしたとき、

「待たれい」

と同心の背中に、通りから声がかかった。泰平も振り向くと、そこには槍を小脇に抱えた正三郎が立っていた。

「おう、槍の河田殿ではないか」

泰平がまるで旧友にでも会ったかのような笑顔を向けると、

「――どうも、おぬしは調子が狂うな」

そう呟いてから、秋月に向かって、

「この人は、狂犬病の猛犬が俺を嚙み殺そうとしたから、とっさに斬ったまで。犬に対しても身を守ることは許されるのではないか？」

「いや、そうは参らぬ」

「釈迦《しゃか》に説法だが、生類憐みの令は禁止法であって、明確な処罰はない。ゆえに、六十余りの〝何々、すべからず〟と触書として出されているものの、刑罰に関しては、時の為政者の采配《さいはい》次第となれば、これはもはや法とは言えまい」

「またぞろ、おかしな輩が……貴様も一緒に奉行所に来たいのか!?」

「命の恩人を救いたいだけだ」

ぎらりと目が輝いて、正一郎はそう言うと、すうっと同心に近づくや、袖《そで》を引いて表に引っ張り出し、何やら囁いて、こっそりと通行手形のようなものを見せた。

その途端、同心はピンと背を伸ばして、恐縮したように一礼した。

「お……お目付の……！」

声に出しそうになった同心に、正一郎は目顔で言うなと制した。三奉行や大目付とともに目付は評定所の審議に臨み、幕政のすべてについて監察する役職であり、京大坂はもとより、長崎、駿府《すんぷ》をはじめ諸国に赴くことはよくあった。

正一郎は目付配下の小人目付で、諸藩の動行や旗本の所行について探索する隠密であった。将軍の行列においては黒い羽織を着て、露払《つゆ》いをするので、〝黒羽織〟と呼ばれて、旗本や御家人からは恐れられていた。

「よいな。あんな猛犬を野放しにしている役所の方が、始末されてしかるべきだ。うまく立ち回れ、うまく」

声を低めて、正一郎は諭すように言った。秋月が捕方たちと立ち去ろうとしたとき、

「ああ、手ぶらもなんだろうから、ひとつ手土産《てみやげ》をやろう」

「手土産?」

「赤池の亀蔵という盗賊を知っておろう」

「赤池……ああ」

「そいつは、子分の鮫次郎と一緒に、品川宿《しながわじゆく》に潜んでいるはずだ。隠れ家があってな……ここだ。探してみるがよい」

そう言って、一枚の書き付けを渡した。

「これは、大捕物になるぞ。おまえの大手柄だ。だが、相手はそれなりの手練《てだ》れだから、油断をするなよ」

半信半疑で見ていた秋月に、急《せ》かすように正一郎は言った。

「さあ、行った行った。でないと、東海道《とうかいどう》を何処《どこ》までも逃げる気だぞ」

秋月は目を輝かせると、何度も頭を下げながら、岡っ引や捕方を率いて駆け去った。

真剣なまなざしで見送っていた正一郎は、泰平を振り返り、

「借りは返したぞ。もう会うことはなかろうが、じゃあな」

と踵《きびす》を返した。

「おい。おまえは一体、何者なのだ」

「おまえこそ」

そう背中で答えてから、正一郎は悠然と立ち去るのであった。

店の暖簾《のれん》越しに見ていたお藤は、

「泰平の旦那……あの人も、なかなかの男じゃない……女心に火がついちゃった」

「ならば追ったらどうだ？」

「いいえ。私には、まだまだこの店に用がありますので」

またぞろ意味ありげに笑って店に戻ろうとすると、泰平を同心に突き出した手前儀右衛門は困惑した顔で、身の置き場がないように首をすくめた。

「旦那！　儀右衛門さん！」

　またまた表通りから声がかかった。駆けつけてきた三度笠姿を見て、儀右衛門は一瞬、驚いて身を引いたが、

「あっしですよ。お忘れですかい？」

　目の下や口元に殴られた痕《あと》があるので、益々、訝《いぶか》りつつも、

「ああ……文左《ぶんざ》さんか。なんですか、その格好は」

「でへへ、ちょいと隠れ蓑《みの》にね……」

　と言いかけた目が、傍らでニコニコしている泰平の顔に吸い寄せられた。

「うわッ。なんだって、あんたが!?」

「よう。あの時のイカサマ師か」

「なんやて!?　そっちこそ何のつもりや。お陰で金儲けし損なった上に、ご覧の通りボコボコにされたやないか、アホンダラ！」

　急に上方訛《かみがたなま》りになって袖を捲《まく》り上げると、それなりに腕っ節は強そうだった。

「お陰でこっちは、野次馬たちに殴る蹴るされて、江戸におられんようになった」

「だから、そんななりか？」

「じゃかあしい。おどれのせいやないかッ」

突っかかろうとする文左を制しつつ、

「おやおや。おふたりは知り合いだったんですねえ?」

儀右衛門が不思議そうに首を傾げると、お藤が割って入るように、指を差して、

「ああ、そうか。あの日本橋で、食い詰め浪人が喧嘩してたとき、野次馬に金を賭けさせていた、あの間抜けな……」

「間抜けは余計や……てか、何処のどなたか存じまへんが、姐《ねえ》さんも見ていたのですか」

「まあまあ……ここでは何ですから、奥へ奥へ……」

儀右衛門は誘《いざな》って店内に入れながら、眉間に皺を寄せて呟《つぶや》いた。

「なんだか、難儀な奴らが来てしまったな、これは……」

七

三度笠を脱がせた儀右衛門は、呆《あき》れ果てた顔で、文左に小言をぶつけた。

「未《いま》だに、そんなことしてたのですか……そのようなことじゃ、旦那様に合わせる顔がありませんなあ」

文左と呼ばれた若い男と、儀右衛門は古くからの知り合いらしい。文左は大坂は天《てん》満《ま》の掛屋《かけや》『泉州屋《せんしゅうや》』のどら息子で、儀右衛門は元々は、『泉州屋』で番頭までやった後、縁あって江戸で『伊勢屋』を開いたのだと言う。掛屋とは、江戸の札差《ふださし》と両替商をあわせたような大店《おおだな》だ。

「どら息子はないやろ、儀右衛門」

「人の喧嘩につけこんで博打《ばくち》なんぞ……お役人に見つかったら、その場で牢送りですよ。野次馬に袋叩きにあうくらいで済んでよかった。でないと、実家の旦那様にも、えらい迷惑がかかりますよ」

説教する儀右衛門の姿は、何となく阿漕な公儀御用達には見えないから不思議だった。

もっとも人というものは、決して一面で語り尽くせるものではない。深みのある人間ほど、よい意味で幾つもの顔を持ち合わせているものだ。たとえば、強い者には毅然と立ち向かい、弱い者には愛おしく接する。だが、その逆が多いのも事実。泰平は、

——まったく、妙な男だ。

と儀右衛門を見て、つくづくそう感じていた。

「旦那様との約束、この江戸で果たさない限り、大坂には帰って来るな、そう言われてるんでしょう？」

儀右衛門は文左のことを、そう呼んだ。

「しかし、ぼん……」

「なんで、知ってるのや」

「どうせ、私を頼って来るだろうと、旦那様は気を利かせて、文を届けてきてます」

「また、余計なことを……」

「勘当をしたとはいえ、やはり実の子は可愛《かわい》いんですよ。そんな親心くらい、もうぼんの年なら分かりますでしょうが」

「分からんな。あいつは、俺のことが憎いだけや」

「そんなことありません」

「いや、ある。弟と違うて、掛屋の息子らしいところは何もない。どうせ、俺はいらぬ子や。自分で言うのもなんやが、総領の甚六《じんろく》を地でいっとる」

「そうですなあ」

「ちょっとくらい否定しなや……いや、ま、そういうこっちゃ……」

もう少しガキの頃には、天満は自分の縄張りとばかりに暴れ回り、肩で風を切って歩いていた。喧嘩をしても、狙った奴はしつこく追い回してドスで突き刺すので、〝あぶの文左〟という渾名《あだな》があった。殺しと盗み以外は大概の悪さをしたが、妙な愛《あい》嬌《きよう》があるせいか、慕ってくる子分はかなりの数になった。だからこそ、余計に、

──おまえは、大坂から出ていけ。

と父親に勘当をくらったのだ。

元々は、借金取りを命じられたのだった。それが、大坂から出す口実だった。諸国には、『泉州屋』から借財がありながら、返済を滞《とどこお》らせている武家や大店が数々ある。その取り立て役に命じられたのだ。

「その借金、ぜんぶ集めたのですか、ぼん」

「あ、いや……集めたのは集めたが……色々と、すってしもうてな」

「まさか渡世人の真似事を……」

「ちゃうちゃう。俺は絶対に損はしない胴元にはなっても、賭ける方には廻らん」

「だったら、どうして？」

「旅というのは、不思議なもんや。色々な所があって、色々な人が住んでる。そこで出会った人に、ついつい情けをかけて……」

「恵んであげましたか」

「そういうこっちゃ」

「野良犬や野良猫に食べ物を分けてやる癖《くせ》、ずうっと同じですのやな」

　儀右衛門も思わず上方訛りになった。

「そうは言うても、ぼん。どれだけの金か知りませんが、ぜんぶすったとは……」

「誰がぜんぶ言うた。それなりに、持っておるけどな、取り立て総額が三千両……ま、取りはぐれたところもあり、その十分の一くらいしか、な」

「十分の一……ても、三百両⁉」

　お藤が腰をぴょこんと跳ね上げた。

「なんで、姐さんが嬉しそうな顔をせなならんのや」

「別にそういう意味では」

「どういう意味や」

　文左が振り分け荷物を自分の足下に引き寄せると、お藤は物欲しそうに、じいっと見つめていた。

「ま、事情は分かった。ぼん、しばらく江戸の風に吹かれたらよろしい。そしたら、また新しい自分が見えてきます」

「そうかなあ。親父は俺のこと、どこぞで野垂れ死にして欲しいから、旅に出したんとちゃうかなあ」

「そんな親、この世のどこにもおりません」

「……儀右衛門。うちの親父のえげつなさ、おまえが一番、よう知ってるやろ」

「え、ええ……まあ……」

「そやさかい、俺は見返してやりたいのや。俺かて、天下一の商人になれるってな」

「はい。夢は大きく持ちましょう」

「夢はでっかく……」

文左は本気にして、庇《ひさし》の先にある大きな空を見上げた。

「とにかく、ぼん……今日は、ゆっくりなさいませ」


店のすぐ裏手に、『重兵衛《じゅうべえ》』という鰻屋《うなぎ》がある。この元禄の時代にはまだ、うな重なるものはなかったが、あつあつの御飯の上に、醬《ひしお》のタレで蒸し焼きにした鰻を食べさせる店として知られており、近場の大店の番頭や手代らが出前を取っていた。

泰平とお藤は、ふたりで黙々と鰻を食べながら、見つめ合っていた。そのうち目つきがとろんとなった泰平に、

「なんですよ、その嫌らしい目」

「俺が？」

「ほんと、嫌らしい」

「悪いが、おまえにじゃない。鰻の美味さがこたえられないのだ」

「ま……こうして見ていると、傍《はた》からはまんざらでもないふたりでしょうね。鰻を一緒に食べる男と女は……ねえ、そういうことですから……ねえ」

「そうなのか？」

「まったく、旦那は惚けてんだから、本当に鈍《にぶ》いのか……」

お藤はバクバクと食べ終えると、

「はあ、おいしかった。これが、おからで出来ているなんて、到底、思えないわねえ」

「そうだな。鴨といい鰻といい、いやはや、料理人の腕とは大したもんだ」

「これも妙ちくりんな御定法のお陰。たまったもんじゃありませんよ。でも、江戸を離れれば、少しはマシだと聞いてますがね」

「はあ、うまい……ゲップ」

「ちょいと旦那。人に向かって、それはないでしょう」

「いや、済まぬ、済まぬ」

実に嫌そうな顔になったものの、お藤は声をひそめて、

「ところで、旦那……あの話だけど」

「あの話？」

「お宝の話ですよ。信長の骨壺のこと、さりげなく儀右衛門さんに聞いてみたんですがね、どうやら店にはないらしいんです」

「そうなのか？」

「ある所に隠している……というだけで、要領を得ないんですよ。その代わり、といっちゃなんだけど、面白いものが」

「……もういいよ、宝の話は。腹一杯で、頭が廻らぬ」

泰平は爪楊枝を口にして、またゲップをしそうになったが、懸命に我慢した。

「いいから、聞いて下さいな。〝お宝人〟なんでしょ？」

「ン？　そんなこと言ったか？」

「言いましたよ。いい加減ですねえ」

「まあ、適当な男だから信じるな、むはは」

「どっちにしろ、貧乏浪人から抜け出すことができるんですよ」

と、お藤は目を細めて、きつい口調で続けた。

「儀右衛門さんはね、公儀御用達だけあって、東海道の……いや、中山道《なかせんどう》や日光《にっこう》街道などもそうでしょうけれど……五街道に埋められた幕府の財宝の地図を持っていることが分かったんです」

「幕府の財宝、ねえ」

「驚かないの？」

「まあ、よく聞く話だが、実際に見つかった話はない」

「だったら、私たちが掘り出そうじゃありませんか。いいですか、旦那」

お藤はさらに顔を近づけて、

「五街道には……とくに東海道は幕府にとっても要《かなめ》の道ですよね……万が一、どこかの藩と戦にでもなったら、軍勢を送り込んで、そこで闘わなければならない。でも、何千、何万の兵を送るときには、金がかかります。そんな大金、持ち運ぶことは難しいし、危険ですよね」

「だな」

「ええ、だから、街道の要所要所に、予《あらかじ》め小判や金目のものを隠し置いていたのです。それらは、本陣や脇本陣に備えられていますが、それ以外に、一里塚であったり、地蔵堂であったり、祠《ほこら》であったり、はたまた神社仏閣や隠れ里だったり……」

「………」

「その在処《ありか》を示す絵図面を、儀右衛門さんは持っているのですよ。ねえ、どうかしらねえ……それで、一儲けするってのは」

「一儲け？」

「ええ。私に任せてくれますか？　あの助平《すけべ》主人、私にはぞっこんですから。この白い柔肌《やわはだ》をちらり見せるだけで、ちょちょいのちょいですから」

「おいおい……」

「大丈夫ですって。これで、一攫千金！　旦那とあたいだけの、ひみつ」

襟元を少しだけ下げて、お藤は微かな笑みを洩らした。美しくもあるが、能面のような怖さも感じた泰平は、思わずぶるっと背中が震《ふる》えた。

八

その夜、根津《ねづ》にある『伊勢屋』の寮の裏庭を、せっせと掘っている文左の姿があった。

闇の中で、がさごそと蠢《うごめ》いているのは、知らぬ者からすれば、鬼夜叉《やしゃ》に見えたはずだ。それほど必死の形相《ぎょうそう》である。

「壺……信長の骨壺……出てこい、よっこらしょ……ここ掘れ、わんわん……ちっ、近頃の御犬様は駕籠で運ばれるくらいやから、土を掘り返したりせえへんか」

ガツンと鍬《くわ》の先が何かに当たったようだ。

「おっ。やはり、ここに……」

懸命に土を掘り返すと、そこには青い龍紋の入った陶磁の壺があった。

「やったあ……やっと見つけた……」

と胸に抱えて、母屋の方へ戻ろうとしたとき、

「ご苦労だったな」

声がして、薄暗い闇の中に、人影が浮かんだ。

「だ、誰や……」

ぬっと桜の枝を分けるように現れたのは、赤池の亀蔵と鮫次郎、さらに数人の手下どもだった。いずれも凶悪な顔をしており、匕首《あいくち》を手にしている。

「赤池の亀蔵だ……この名くらい、聞いたことがあるだろう」

「…………」

「それをこっちに手渡せば、命までは取らぬ」

「じょ、冗談やないで。ここは、俺が自分で調べて、自分で探して、自分で掘り当てたのや。誰であろうと渡すかい」

「だったら、死ね」

亀蔵が吐き捨てるように言った途端、子分たちが、じりじりと近づいた。だが、文左は壺を抱えたまま、

「てめえら……この俺を誰だと思ってやがる……怒らせたら、マズいぜ……ブンと鳴いてチクリと刺す。こちとら、伊達《だて》や酔狂で、借金取りしとんのと違うで」

と鋭い目つきになって、気炎を吐いた。

「何をほざいている。やれ」

もう一度、亀蔵が冷たく言い放つと、子分たちが今度は一斉に躍りかかった。だが、文左も喧嘩馴れしている。壺で相手の頭をガツンと叩くや、そのまま地面に置くと、素早く匕首を抜き払って、飛びかかってくる奴らの腕や肩、脇腹などを目にも留まらぬ速さで刺した。

悲鳴を上げながら、その場に崩れたり、転げ廻る子分たちを横目に、文左はまっすぐ亀蔵に向かった。寸前――。

バサッと屋根から網を放り投げられた。川釣りの投網のような罠で、一瞬にして身

動きできなくなった文左は、

「なんや、卑怯《ひきよう》やど、ぼけ！」

と叫ぶことしかできなかった。抗えば抗うほど、網がきつくしまってくる。

「だから言っただろうが、大人しく渡せば、命だけは助けてやるってよ」

ニンマリ笑った亀蔵は、自ら蜘蛛《くも》の巣にかかったような文左の腹を、グサリと匕首で刺そうとした。

そのときである。

「そいつの用心棒も頼まれてな」

と、泰平が悠然と現れた。

「おまえが、赤池の亀蔵か……どうやら、北町同心は捕らえられなかったとみえる」

「ふん。そんなドジを踏むか」

「で、おまえも狙いは、『伊勢屋』の財宝や金か」

「しゃらくせえ！」

かみそりのような目になって、突っかかる亀蔵の腕を、わずか一拍の短い合間に、鋭く抜き払った居合で、泰平は斬り落とした。

「うぎゃッ……」

「それでは、盗みもできまい。左腕も落としてやろうか」

「や、やめろ……」

悲痛な叫び声を上げたとき、母屋から、ゆっくりと儀右衛門が姿を現わした。その後ろから隠れるように出て来たお藤も、恐いもの見たさの顔で見守りながら、泰平の側に歩み寄った。

「亀蔵とやら。おまえさん、人の情けを仇《あだ》で返したねえ」

と冷ややかな目で、儀右衛門は言った。

「なんだと?」

「せっかく、槍の河田様が見逃す隙を作ってくれたのに、こうして舞い戻ってきた。同じことを言いますよ。命までは取りませぬ。そのまま奉行所に名乗り出るならね」

儀右衛門はまるで河田の正体を知っているかのように言ってから、閻魔《えんま》のような顔つきになって、亀蔵を凝視した。

「これでも、私は……かつては『お宝人狩り』の頭領の役目に与《あずか》っていたのです。ただの両替商と思わないで欲しいですな」

「……!?」

泰平は気まずそうに俯《うつむ》いて、傍らのお藤の耳元に囁いた。

「おまえは、そうと知ってて伊勢屋に近づいたのか?」

「全然……」

お宝人狩りとは、墓所や古跡などを荒らす盗賊を取り締まることで、伊賀《いが》や甲賀《こうが》の忍びがその役目を与っていることが多く、諸国に散らばっていた。その存在は大盗賊たちでも恐れる存在だった。儀右衛門がどのような経緯で、その職についていたかは、泰平やお藤とて知る由《よし》もないが、

――なんとも、まずい者に関わった。

と思わざるを得なかった。

亀蔵とて、伊勢屋のことは宝を隠し持っているただの商人と思っていたから、すっかり尻込みしてしまった。がっくりと肩を落とした亀蔵は、鮫次郎たちに抱えられて、屋敷から出て行ったが、その場で、町方の者に捕らえられた。もはや、抗うことはなかった。

「……残念やな、ぼん。人の庭で、盗みはあきまへんがな」

「す、すんまへん」

文左は改めて、儀右衛門をしみじみと見て、

「おまえが、そんな偉い奴やったとはな……」

「昔の話です。もっとも、そんなものが欲しいのなら、幾《いく》らでも差し上げますから、持って行って下さい。ささ」

「え……」

「私が持っていても、どうしようもないものです」

あまりにもあっさり譲るので、どうせ贋物《にせもの》であろうと、文左は察した。いや、そう思わせて、置いていかせるのが、儀右衛門の策だ。それくらいのことはやりそうだと、文左は考え直した。

「それより、旦那様……」

お藤がまたまた妖艶なシナを作りながら、

「さっきの話はどうなりました？　叶えてくれるかしら」

「道中お宝絵図か……しかし、そのようなものをどうするつもりだ。まさか、おまえが奪い取るわけではあるまい」

「逆ですよ。お宝を奪う奴を、この手でやっつけるんです」

と、泰平の手を握った。

「え……俺か？」

「儀右衛門さんの命で、諸国のお宝を探す旅をしたいと、泰平さんは言ってるんです。もう天下泰平の世の中、戦があるとは思えません。それらをぜんぶ回収して、『伊勢屋』さんの益々の繁盛のために使おうではありませんか。いえ、泰平さんが言うように、天下万民のために使ってもいいのではありませんか？」

「待て、お藤。おまえは、この私に、公儀のお宝を盗め、と？」

「違いますよ。今の、赤池の亀蔵のような輩は、全国津々浦々におります。そいつらから、お宝を守るために、私たちが」

「本気で言っておるとは思えぬが？」

泰平が苦笑いをすると、お藤は真顔で、

「もちろん本気です」

と返した。が、儀右衛門は茶々を入れるように、

「そう、うまくいくかな？」

「え？」

「このお宝の絵図面が欲しいのであれば、譲らぬでもない」

儀右衛門は座敷に戻って、違い棚の裏にある隠し棚から、絵図面を出した。みんなぞろぞろとついて来たのだが、なかでもお藤は爛々《らんらん》と目を輝かせて、

「ほんと!? 本当ですか、旦那様ア！」

「ああ。だが、千両、戴こう」

「せ、千両！」

「それができぬなら、諦《あきら》めるんだな」

すると、泰平がズィと儀右衛門の前に立って、見下ろした。

「そのお宝の図面、俺が買おう」

「は？」

「ただし、後払いだ。お宝を見つけてからでもよかろう。のう、伊勢屋」

「いや、しかし……」

「今、千両で売ると言ったばかりではないか。どうせ、ご公儀から手に入れた絵図面であろうが。せこいことを言うな。千両ならば誰も買わぬと思ったか？　よいな、千両、後払いでこの俺が買った。ああ、証文もきちんと書いてよいぞ」

と言いながら、絵図面をひょいと奪い取った。あっと儀右衛門は声を洩らしたが、
泰平は子供のような笑顔で、

「武士に二言はない。必ず、後で払ってやるから、そうつけとけ」

「な、なんという……」

大雑把《おおざっぱ》な人間かと呆れ返った儀右衛門に、文左は何か曰《いわ》くありげな目配せをして、

──承知しろ。

と言わせた。むろん、泰平もお藤も気づいてはいない。ふたりとも、絵図面を広げて、実に楽しそうに、財宝への思いを馳《は》せていた。

「では、俺はこの骨壺を……」

文左が持ち上げて立ち去ろうとした途端、庭の縁石につまずいて、前のめりに倒れた。弾みで蓋《ふた》が取れて、頭蓋骨《ずがいこつ》が飛び出てきた。それが、そのまま泰平の前に転がった。

その途端──。

「うぎゃあ……うぎゃああ！」

泰平は剣豪らしからぬ悲鳴を上げた。

「旦那……ただのしゃれこうべですぜ。もしかしたら、信長の……」

「ち、違う……ああ、ぎゃああ……虫だ、虫は嫌いなんだア……！」

叫びながら絵図面を握り締めたまま、泰平はその場から駆け去った。

頭蓋骨の目から、百足《むかで》やミミズやオケラなどがぐにょぐにょと出てきた。たしかに気持ちのいいものではないが、大の大人が騒ぎすぎであろう。お藤も顔を顰《しか》めて見やり、

「これが百万両なの……？」

「いや。ただの行き倒れだ。私が拾って、無縁仏にしてやった。もっとも、信長の骨壺の贋物と見せかけてな」

儀右衛門はニタリと笑って答えた。

「そんな……」

がっくりと呟いてから、お藤は泰平が逃げた方をアッと振り返った。

「もしかして……!?」

追いかけて、勝手口から飛び出すと、そこにはもう泰平の姿はなかった。

「あっ、やられた……やられたア！　あの素浪人、お宝の絵図面を持って逃げた！　独り占めにする気だ！　千両も払うつもりなんかないんだ！　そうに違いない！」

「ええ!?」

文左も追って出てきたが、後の祭りだった。

「ばか。あんたが、しゃれこうべなんぞを、ひっくり返すから」

青ざめた顔で、お藤は探し回ったが、深閑《しんかん》とした闇があるだけだ。

——わおおん。わおおん……。

野良犬の遠吠えだけが、やけに多い江戸の夜であった。

第二話　猿も落ちる

一

果てしなく長く、蛇行《だこう》している権太坂《ごんたざか》を登り切ると、美しい富士山《ふじさん》の眺めがあるはずだが、今日はあいにくの霞《かすみ》で見えなかった。胸が苦しくなるほどの難所を越えてきたのに、無念という他はない。

前夜は雨だったせいか、足下が少しぬかるんでいて、旅姿の者は数えるほどだった。荷物運びや駕籠舁《かごか》きが暇そうに待っていたが、天下泰平の屈強な姿を見ると、

――こいつには用なしか……。

とばかりに溜息をついて、手持ちぶさたな様子でやりすごしていた。中には、大きな樹木の下に筵《むしろ》を敷いて、ちんちろ賭博《とばく》をやっている者たちもいた。

そのとき、ひとりの若い娘が、熊笹の生い茂る杣道《そまみち》から飛び出してきた。随分と急いでいるのであろう、着物は土くれているし、髪も乱れている。街道脇で娘を見やった六助《ろくすけ》という駕籠舁きが、

「あれ？　あの娘、台宿《だいじゆく》の問屋場《といやば》の娘ではないか？」

と指さすと、相方の伝八《でんぱち》も目を丸くして、

「本当だ。まさか、あいつ……」

すぐさま立ち上がって、ふたりは娘に駆け寄った。

「ようよう、おめえ、お菊《きく》じゃねえか。そんなに急いで、何処《どこ》へ行くんだ？」

アッと驚愕《きょうがく》の目で振り返った娘は、一瞬だけ六助の顔を見て、慌《あわ》てて権太坂の方へ駆け出した。その坂を下って、松並木を抜ければ、保土ヶ谷《ほどがや》の方へ向かうのだが、

「待ちな、お菊。まさか、おめえ、江戸に行くつもりじゃあるめえな」

と六助は後ろから、お菊を羽交《はが》い締めにした。

「いやあ、やめて！」

「騒ぐンじゃねえ、この女《あま》。勝手なことをされちゃ、俺たちの首が危ないんだよ。なんだこれは、寄越せッ」

帯に挟んでいた封書を乱暴に奪い取ると、六助があっと見やった。

「どうした。何て書いてある」

「おら、読めねえ、おまえは分かるか」

「分かるわけねえ。どうでもいいから、とにかく、お代官様の所へ連れていくぞ」

「そうするか」

ふたりで抱えるようにお菊を挟むと、必死に抗《あらが》って六助の手を噛《か》み、逃げ出した。

痛えな、このやろうとばかりに、追いかける六助と伝八はすぐさま捕まえて、

「逆らうと、痛い目に遭《あ》うぞ、こら。大人しくついて来ねえと……」

と言っていた六助の目が、俄《にわか》にとろんとなって、舌なめずりをした。そして、鼻先をお菊の首筋や頬《ほお》に擦《す》りつけて、

「ああ……いい匂いがすんなあ……そういや、しばらく、やってねえしなあ……」

「んだな……ちょいと貰《もら》うべかなあ……」

伝八も嫌らしい目つきになって、ガッと力任せに木陰に連れ込んで、草むらに押し倒した。そして、熊のように襲いかかって着物の裾《すそ》を捲《まく》り上げると、むっちりとした白い太股《ふともも》が露《あら》わになった。

「なんだ、おめえ……まだ十六のはずだが、美味《うま》そうな肉づきしてんだなあ……でへへ、六助、おらが先に戴いていいかな。この前の人妻は先に譲《ゆず》ってやっただろうが」

「え、あれは毒味をさせられただけじゃねえか」

「いいから、どけよッ」

涎《よだれ》を垂らしながら、伝八が娘に抱きつくと、他の駕籠舁きや合力《ごうりき》たちも集まってきて、にまにまと楽しそうに眺《なが》めている。人垣を作って、旅人を寄せつけないようにしているのだ。

お菊は叫ぼうとしたが、口に手拭いを嚙まされて、悲鳴も上げられなかった。

「問屋場の主人も、こんな娘っこを使ってまで江戸に使いを出すとはな……あの御仁《ごじん》の恐ろしさを知らないんだ……問屋場の主人といっても裏切り者だ。その裏切り者の娘っこを輪姦《まわし》したところで、誰にも咎《とが》められめえ」

さらに乱暴を働こうとした伝八の頭に、コッンと小石が飛んできた。

「あ、痛《いて》えッ。なんだ、六助、てめえ、やるのか、このやろう」

「違うよ、ほら……」

指さした先に、巨漢がぶらぶら歩いて来るのが見える。天下泰平だった。手にはまだ小石を二つほど持っていて、胡桃《くるみ》をこするように鳴らしている。

「今度は、目ん玉に当てるぞ。いや、金玉の方が嬉しいか」

小馬鹿にしたように笑っている泰平を、駕籠舁きや合力たちが、一斉に取り囲んだ。ならず者のような顔つきに変貌《へんぼう》し、

「ご浪人さん。ここは胸突《むなつ》き八丁の権太坂。俺たちに逆らえば、峠《とうげ》は越せねえ。悪いことは言わねえ。とっとと行きな」

「そうはいかぬなあ。可愛《かわい》い娘がいたぶられているのを、このまま黙って見過ごすわけにはいかんだろう」

「おかめなら、見て見ぬふりをするだろう」

「まあ、そうかもしれぬが、人として、それもどうかな」

「からかってるのか、てめえ」

「まさか。真剣に助けたいだけだ。さ、娘さん、訳を聞こう。こちらへ来なさい」

起き上がろうとするお菊を、伝八はさらに押しつけて、挑発するように、

「助けられるものなら、助けてみやがれ、このサンピン」

と言った途端、目にも留まらぬ速さで、小石が飛んで、伝八の眉間《みけん》に当たった。伝八は寄り目になったかと思うと、仰向けに倒れた。

「しまった……目を狙《ねら》ったのだがな。急所に当たってしまった……でも、まあ死んではおらぬであろう」

「てめえ！」

駕籠舁きたちは腕に覚えがあるのであろう。一斉に拳《こぶし》を突き上げ、ある者は匕首《あいくち》や鎌などを握り締めて、泰平の周りをぐるりと取り囲んだ。

だが、泰平は一向に気にする様子もなく、お菊に近づいて、

「さあ、おいで。何処へ行こうとしていたのだ。何なら、俺が手助けをしてもよいぞ」

縋《すが》るように泰平にしがみついたお菊の顔はまだあどけなく、目には涙が一杯、溢《あふ》れていた。それをそっと拭ってやった泰平は、

「可哀想《かわいそう》にな……とにかく、女のひとり旅は危ない。一緒について行ってやろう」

と言った。だが、お菊は今までも、よほど恐い目にあって、人を信じられなくなっているのか、一度はしがみついた泰平を訝《いぶか》しそうに睨《にら》み上げて、

「本当は、あなたも悪い人の仲間なんじゃないですか。親切ごかしに……」

押しやって、藪《やぶ》から街道に戻って、必死に駆け下りはじめた。泰平は呆《あき》れて見送ったが、すぐにお菊を追おうとする駕籠舁きたちの前に立ちふさがった。

「邪魔すると、怪我じゃ済まねえぞ！」

「やめとけ、やめとけ」

「しゃらくせえ、このやろう！」

言うなり匕首で斬《き》りかかったが、何がどうなったのか、その男はクルンと回転して背中から落ちた。丁度、切り株があったらしく、悲鳴を上げた。

「こりゃ悪かった。そんな所になあ……済まん済まん」

他の男たちも怒りを露わにして、躍りかかったが、泰平の柔術で次々と竹にぶつけられたり、蔓《つた》に絡《から》まったり、頭から藪に突っ込んだりした。

「だから言っただろう。おまえたちこそ、怪我じゃ済まなくても知らぬぞ」

スッと刀を抜き払って、戻したかと思うと、少し間があって、近くの太い竹が真っ二つになってガサガサと男たちに覆《おお》い被《かぶ》さった。

「江戸に近いかような所で、山賊まがいのことが行われているとは、まったく代官は何をやってるのだ」

そう言い捨てて颯爽《さっそう》と去る泰平を、駕籠舁きたちは必死に立ち上がりながら、恐々と見送っていた。

「な、なんだ、あいつ……」

六助は全身を震《ふる》わせながら洩《も》らすと、伝八もガクガクと顎《あご》を鳴らしながら、

「き、きっと、名のあるお武家に、違い、あるめえ……もしかして……ああ、もしかして、あの……あの噂《うわさ》の……!?」

凝然《ぎょうぜん》と目を見開いた。

二

五太夫《ごだゆう》橋を渡れば戸塚《とつか》宿である。古くは富塚と記され、源頼朝《みなもとのよりとも》が鶴岡八幡宮《つるがおかはちまんぐう》の

祈禱《きとう》料として寄進した村らしい。

江戸から丁度、十里（三九キロ）にあたり、東海道を上る旅では保土ヶ谷宿かここ戸塚を最初の宿泊地とすることが多い。もっとも、それは一番の急ぎ旅のことであって、ちんたら脇道にそれながら、あてのない旅をする者には、何の目安にもならなかった。

宿場の中心は、上宿《かみ》、中宿《なか》、下宿《しも》、台宿、八幡《やわた》宿などから成り立っているが、本陣や脇本陣など重要な所は、中宿と台宿にある。

先刻のお菊は、台宿の問屋場の娘である。問屋場とは宿場を出入りする旅人の数や荷物の貫目改《かんめあらた》めなどをする役目を担っている。ゆえに、代官や宿場役人との繫《つな》がりが深い。

ぶらぶらと泰平はやって来たが、大きな宿場町の割りには活気がなく、人通りも少ない。旅籠《はたご》からの呼び込みもなく、商家の者たちが余所者《よそもの》を見る目つきも、何となく暗い。それに加えて、あちこちの路地や物陰から、誰とはなしに、泰平のことをじっと見ているような気配がある。視線が痛いというほどではないが、気になってしかたがなかった。

「……まあ、いいか」

ぐうっと腹の虫が鳴いたので、目に留まった一膳飯屋の縄のれんをくぐった。

いきなり、美味そうな甘辛い匂いが漂《ただよ》ってきた。店の中は、年配の親父《おやじ》がひとりで仕切っており、客は誰もいなかった。

「筑前煮《ちくぜんに》かな？　涎が出てきそうだ」

「へえ。お待ちしておりました」

丁寧に腰を屈めて、主人が酒徳利を運んで来た。

「お待ち……？」

「ええ、ええ。万が一、あなた様がおいでになったときには、粗相《そそう》のないようにとお達しがありまして、はい」

「お達し？　誰から」

「それは、もう代官様からも、宿場役人様からも、色々と」

「そりゃ、誰かと間違っているのであろう」

「いいえ。隠さずとも分かります」

声をひそめて、主人は半ば無理矢理杯《さかずき》を持たせて、酒を注いだ。

「さ、どうぞ」

「……と言われてもなア」

と言いながらも、酒が嫌いではない泰平はぐいと呷《あお》ると、実に甘露《かんろ》であった。目尻をじんわりと下げて、

「いやあ、実にうまい。相模《さがみ》にかようないい酒があるとは知らなかった」

「さようですか？　丹沢《たんざわ》から流れ出る水は舌に絡まるほど甘いのです」

「なるほど、納得だ」

「相模湾からの魚介も、この宿場には沢山届いておりますから、刺身だろうと煮つけだろうと、お好きなだけお上がり下さい。鴨《かも》だって、猪《いのしし》だってありますよ」

「ほう……」

「江戸では、あの悪法のせいで、なかなかおいしいものも食べられないでしょう」

「たしかにな。では、お言葉に甘えて、酒の肴《さかな》を適当にみつくろってくれ」

この一膳飯屋は三代続いているらしく、江戸幕府が出来る前の寒村の頃からあったという。本当かどうかは知らぬが、杯を重ねているうちに、親父の方もついつい饒《じょう》舌《ぜっ》になって、一緒に酒を酌《く》み交わしていた。そのうち、戸塚宿の清源寺《せいげんじ》には源頼朝の財宝が隠されているという話などが親父の口から飛び出した。

「ほう……源頼朝のお宝とな」

目がうつろになっている泰平は、親父に銚子を差し出して、

「それはもしや、黄金《こがね》が一万枚という噂の？」

「へえ。よくご存知で……でも、まあ誰も見たことがありやせんから」

「誰も知らぬから、隠し財宝ではないか。ケチケチせずに教えろ」

「ご勘弁下さい。つい口が滑《すべ》ってしまいました」

「なんだ、つまらんなあ……」

ぶつぶつ言いながら、泰平はさらに杯を重ね、腹一杯食ってから、

「済まぬ、親父。実は、一文も持っておらぬのだ。いや、一文は大袈裟《おおげさ》か……これだけはあるのだがな」

と三十文ほど差し出した。これでは屋台の蕎麦《そば》二杯も食えない。

「あとは薪《まき》割りでも湯沸かしでもするから、このとおりだ、勘弁してくれ。ああ、それで済まそうとは思わぬ。実は、お宝探しをしておってな、それを見つければ……」

泰平は、酔った勢いで、東海道のお宝地図を取り出して、

「ほら、親父の話したとおり、この絵図面に記されている。たしかに、この寺には財宝がありそうだな。源頼朝のものを、後に幕府が手にして、ここに隠しているのであろう」

と地図を指し示し、ポンと叩いた。

「だから、必ず……必ず利子をつけて返しにくる」

「お武家様！」

すっと直立した主人は、身を引いて土下座をした。

「冗談はおやめください。お宝のことは酔った座興です。それに、薪割りなどとんでもないことです。どうか、どうか、まだまだ好きなだけ、お召し上がり下さいますように」

「え……」

泰平が困惑《こんわく》していると、派手な格子柄《こうしがら》の羽織を着た目明かしが、

「お邪魔致しますよ」

と、そっと窺《うかが》うような腰つきで入って来た。そして、少し離れた所に恐縮したように立ったまま、

「よいご気分のところ、申し訳ありませんが、私どもと一緒に来ては頂けませんか」

「俺……？」

赤くなっている自分の顔を、泰平は指さした。

「はい。あっしは、お代官様より十手《じって》を預かる、銀蔵《ぎんぞう》というケチなやろうでございます。よろしかったら、今宵《こよい》の宿なんぞも用立てたいと思いやして、へい」

「宿か……まだ決めてないから、ありがたいが、この親父にも言ったが文無しでな。どこぞで野宿するから、心配には及ばぬ」

「そうは参りませぬ。この店の代金ならば、こちらでお支払いしておきますので、さあさ、どうぞ、私と……」

「そう言われてもな、おまえに払って貰う謂《いわ》れはない」

「まあ、そうおっしゃらず。払うのはあっしではございません。あるお方のご親切でして、へえ、それこそ案ずることはありやせん」

けっこう酔っているせいか、足下がふらついている。泰平は自分の膝《ひざ》を突くように立ち上がると、裏手にある厠《かわや》へ向かった。

勝手口から外に出ると、数人の人影が見えた。いや、酔っぱらっているから二重、三重に見えるのか、前後左右に揺れながら用を足して戻ると、店の前には武家駕籠が据え置かれていた。

「ささ、お武家様。どうぞ、どうぞ」

「俺は天下泰平という素浪人……おまえたち、人違いをしているのではないか?」

「天下泰平……なるほど剛毅《ごうき》な偽名でございますな。とにかく、いらして頂かないと、私の首が飛びます。どうか、私を助けると思って」

「助けると思って……か」

「はい」

「その言葉に俺は弱い……では、何だか知らぬが、助けてやろう」

武家駕籠の六尺担ぎに凭《もた》れかかり、泰平は柱に頭を打ちながら乗り込んだ。扉を閉めた途端、

「――噂通りの、酒癖《ぐせ》の悪い奴だ」

銀蔵が小声で言うと、すぐ扉が開いて、

「何か言ったか？」

と泰平が、とろんとした目で訊き返した。

「いいえ。なんでもありません。ささ、どうぞ、きちんと紐《ひも》に摑まって下さいよ」


どのくらいの時が経ったか――。

噎《む》せ返る苦しさで目が覚めたとき、泰平はふかふかの布団《ふとん》に寝かされていた。敷布団は幾重《いくえ》にも敷かれ、足で吹っ飛ばしてはいるものの、掛け布団も絹の柔らかい肌触りであった。

寝間着に着替えてはいるものの、褌《ふんどし》一丁がずれてだらしなくなっている。

「ううむ……頭が痛いのう……何が銘酒だ……安酒だったのではないか……いや、ただの飲み過ぎか……ガンガンしやがる」

酒臭い溜息をついたとき、にゅるっとした感触を足に感じて、泰平は凍《こお》りついた。見やると、そこには見知らぬ女が眠っている。寝間着は淫《みだ》らにはだけており、悪い夢でも見ているのか、苦しそうに唸《うな》っている。

「おい、女……大丈夫か、おい……てか、どうして、こんな所にいるのだ」

揺すり起こすと、女は寝ぼけ眼《まなこ》で、

「はあ……もう朝ですか、旦那《だんな》……」

「ええ？」

ゆっくりと起き上がった女は、うっとりとした顔で泰平に寄り添いながら、

「なんですよう。そんなに、じっと見ないで下さいな、恥ずかしい」

「おまえは、誰だ？」

「朝まで寝かせない、なんて言っておきながら、勝手に先に寝ちゃうンですから、まったくもう、見かけによらず、だらしがないですねえ」

「あ、では、やってないのだな……よかった……」

ほっとした顔になる泰平の腕を、女はぎゅうっとつねった。

「本当に覚えてないの？　銀蔵親分に連れられて、この宿に来て、それから、私が呼ばれたってわけ。今からでも遅くない。ちゃんとしましょう、ね」

「ねって。御免被《こうむ》る」

「そんなことされたら私が困る。だって、親分から、たんまり御礼を貰っちゃったんだもの。このまま帰したら、酷《ひど》い目にあいます」

「酷い目？」

「ええ。二足の草鞋《わらじ》ってやつですから、恐いンですよ」

「だったら、俺と睦まじくしたことにしときゃいい」

「そうはいきませんよ。私だって女の意地がありますからね。やってもないのに、やったなんて、そんなのは……」

「おいおい。無実の罪を押しつけようってわけじゃないのだから、適当に話しておけ。とにかく、俺は出て行く」

サッと泰平が立ち上がったとき、

「待って、本当に待って！」

と女は泣きそうになって、さらに強く足にしがみついた。褌が落ちそうになったので、泰平は座り直して、

「厄介《やっかい》な女だな……では、話だけ聞いてやるから、言いたいことがあれば言え」

「ありがとう。旦那、やっぱり優しいんだね」

「…………」

「だって、寝ているときだって、ずうっと、よしよしと言ってくれてたんだもの」

女は宿場の飯盛り女で、お初《はつ》と名乗った。この宿場は、銀蔵が仕切っているので、どんなことも逆らうことができないという。自分も父親の借金の形《かた》に春をひさぐハメになって、夫婦になろうと誓い合っていた男とも引き裂かれたという。

よくある話だが、身の上話に嘘はあるまい。泰平は同情せざるを得なかった。

「そうだったのか……だが、どうして、俺にこんな真似を？　考えてみりゃ、どうも妙なのだ。昨日の飯屋といい、銀蔵という目明かしの態度といい……何か訳を聞いておらぬか」

「分かりません。私は、旦那のあっちの面倒を見ろ、精一杯ご奉仕しろと命じられただけで。私、こう見えて宿場で一番の人気なんですよ」

「そうか。それは、よかった……というべきか、どうか……」

泰平はしばらく考え込んで、

「おまえは、このまま女郎暮らしをしたいのか？」

「そんなわけないじゃないですか。お父《と》っつぁんの借金さえなきゃ……」

「家に帰りたいか」

「もちろんです」

「他にも、同じような女はいるのだろうな」

「ええ。飯盛り女は旅籠にひとりって決まりですが、何処もそんなのは守ってないし、銀蔵親分が仕切ってる限りは……」

「そうか。ならば、家に帰してやろう」

「ええ!?」

お初は素《す》っ頓狂《とんきょう》な声をあげて、まじまじと泰平の顔を見て、

「なるほどねえ……やっぱり、ご浪人様は只者《ただもの》じゃないんだ。銀蔵親分が恐れているだけのことはある」

「恐れている？」

「何だか知らないけど、ご浪人様は宿場にとっても、代官様にとっても、大切な人なんだって、しつこく言い含められたから」

「そうか……」

——やはり何かあるな。

泰平はお初の困ったような顔を見つめながら、深い溜息をついた。ガンガンと頭の芯《しん》が響き、二日酔いはまだおさまりそうにない。

三

相模屋といえば、戸塚宿だけではなく、保土ヶ谷から藤沢《ふじさわ》、平塚《ひらつか》、さらに鎌倉《かまくら》の方にも幅を利かせている絹問屋で、近在の蚕《かいこ》農家を一手に引き受けていた。もちろん、江戸店《えどだな》もあり、大名や豪商相手に結構な商いをしていた。

米作の百姓に対しては、お上は厳しい取り立てをしたが、他の作物を作る者たちには目こぼしをしていた。その代わり、近頃のし上がってきた商家が金にモノを言わせて、お上顔負けの搾取《さくしゅ》をするようになっていた。

「どうか、ご勘弁下さい、相模屋様。これ以上、安く叩かれては、私たちは蚕を育てるための桑《くわ》畑も、きちんと作ることができません。どうか、どうか……」

近在の蚕農家の庄屋らが数人、相模屋の裏庭まで押しかけて、主人の仁左衛門《にざえもん》の前でひれ伏すように嘆願している。迷惑そうに眉間に皺《しわ》を寄せている仁左衛門の腹はでっぷりと肥えており、暮らし向きがカツカツの農民の痩《や》せ具合に比べて、無駄な贅沢《ぜいたく》をしていることは明らかであった。

「お願いです。私たちにも年老いた親や育ち盛りの子がいるのでございます。相模屋さんにも親兄弟がおありですから、分かって下さいますでしょう」

「そのようなものはおりませぬ」

吐き捨てるように仁左衛門は言った。

「私もねえ、元はといえば、貧しい漁師の倅《せがれ》です。ですが、やれ漁獲が少ないの天候が悪いのと不平不満なんぞ口にしたことはありません。そりゃ、網元だって厳しかった。けれどねえ、文句を言い出せばキリがない」

「………」

「あの頃の私に比べれば、おまえさん方は幸せな方ではありませぬか？　豊作凶作の区別なく、私は一定の値で取り引きをしてあげているつもりですけどねえ」

「それは、そうですが……」

「感謝されこそすれ、文句を言われる筋合いはありません。嫌ならば、うちに出入りしなくて結構です。多少の手間はかかりますが、もっと質のいい絹糸は何処にでもありますからな」

「旦那様……それでは、せめて村の子供たちが育つまでの援助をして下さいませんか。寺子屋に行けぬばかりか、滋養が足らなくて病の子もいるのです」

「そんなことは代官に言えばよろしい。困ればすぐに泣きついてくる。その物乞いの性根が私には理解できない」

仁左衛門はきつい目で見下して、

「おまえさん方から見れば、商人なんぞ、右のものを左へ移すだけで、楽して金を儲けているように見えるかもしれませんが、人知れぬ苦労があるのです。だから、私は嫁も貰わず子も作らず、しゃにむに働いてきた。何かを犠牲にしなければ、のし上がることなんぞできないのです」

「私たちは何も贅沢をしたいわけじゃない。人を押しのけて出世したいわけでもない。ただただ今日の糧《かて》を……」

「あなた方が暮らせないのは、私が悪いのですか？　だったら、どうぞ他の慈悲《じひ》深い親切な商家とつきあえばよろしい。そう言ったではありませんか」

「でも……」

「綺麗事を言って、金をちらつかせて絹を買いに来る商人もいましょう。ですがね、庄屋さん……そんな輩《やから》は、いずれ裏切りますよ。使い捨ててポンだ。凶作になれば、掌《てのひら》返しですよ。それでよければ、そうしなさい」

「そろそろ店にお客が来ます。もうこの話はなし。お引き取り下さい」

断じて嘆願には応じぬと立ち上がると、仁左衛門は番頭に命じて、庄屋たちに帰って貰うよう促した。項垂《うなだ》れて、立ち去る農民たちの姿を見送りながら、

「旦那様……」

「──この恩知らずが」

と呟《つぶや》いた。そのとき、襖《ふすま》が開いて隣室から、

「なかなか、やりますなあ、ご主人。さすがは東海道にその名を轟《とどろ》かせる大商人、相模屋仁左衛門様でございますなあ」

嘯《うそぶ》きながら出て来たのは、あぶの文左だった。

「聞いておったのですか、立ち聞きは行儀が悪いですなあ。とても、大坂は天満の掛屋の跡取りとは思えませんな」

「勘当されそうな跡取りですがね」

文左は名のある商家の商売ぶりを見たいと訪ねて来て、二日ばかりここで世話になっている。その代わり、一宿一飯の恩義ではないが、掃除や洗いものの手伝いから、得意な算盤《そろばん》と帳面づけの手伝いまでしていた。一文でも違いがあると気になってしょうがない文左の性分に、つき合わされる手代たちの方が寝不足でへたばるほどだっ

た。

「それにしても、ご主人……私もゆうべ、番頭さんの帳簿づけを手伝いましたが、かなりの利鞘ではありませんか」

「そうですかな」

「絹問屋ならば、値は張りますが、それゆえ一分の儲けで、かなりのものになると思いますが、仕入れから奉公人、諸々のつきあいや冥加金《みようが》や宿場の積み金などを差っ引いても、ゆうに三分を超えている。これでは、ほくほくやないですか」

一分は一割の意味である。総売り上げの三割もが、仁左衛門ひとりの懐に入るのだから、莫大《ばくだい》である。昨年は一万両という大名並の金が店に入っているから、年に三千両もあることになる。

「それが悪いことですかな？」

「は？」

「儲けることがです」

「いや、そうは言うてまへんが……」

「でしょうな。掛屋さんなんぞは、それこそ、金貸し同然ですから、私どもから見れば、労せずして稼いでいるようにも思えますがね」

「それなりに苦労はありまっせ。あ、いや……親父を見てると、そうでもないか」

あれこれ奉公人に指図をするだけで、昼間から、芸者衆を引き連れて歩いている親父の姿しか思い浮かばない。幼心《おさな》に、

――俺も一生、こんな暮らしをできるのやなあ……。

と思っていたが、働かざる者食うべからずと追い出されたのだから、どうもよく分からない。人生、ままならぬものとは承知しているが、親父の態度は理解できなかった。

「いやいや……お父様は何か深い考えがあってのことでしょう」

「それより、こんなに儲けてどうするんですか？」

「ぜんぶ私の実入りだと思いますか？　世の中には裏があります。つまり、人に言えない金というものがあるんですよ」

「人に言えない金……」

「では、聞きますが、文左さんは、どうして商売なんぞしたいのです？」

「そりゃ、俺は目一杯稼いで、世のため人のために使うんです」

「それはやはり金貸しの発想ですな。私どもは絹織物を世に出しているということだけでも、すでに人様の役に立っていると思います。商売がすなわち人助けなんです」

「まあ、そうでしょうがねえ……さっきのように、助けてくれと必死に縋《すが》る人を追い返すのは、どうもねえ」

「勘違いしなさんな、文左さん。下手な情けは、逆にその人をダメにします。ま、あんたももっと大きな商売をやれば、分かるときがくるでしょうがね」

そこへ、番頭がいそいそと舞い戻ってきて、

「だ、旦那様……あの御仁が参りました」

「あの御仁」

「はい。しかも、お初が一緒でございます。如何《いかが》致しましょうか」

「通せ、通せ。何をぐずぐずしてるのですかッ」

俄《にわか》に慌てだした仁左衛門は、唐模様の財布をそのまま文左に手渡して、

「どこぞで、好きなものでも食べて来て下さい。少々、用事ができましてな」

「用事、ですか」

「さあさあ、早く早く」

と追い出されるように、文左は座敷から立ち去らざるを得なかった。先程、虫けらのような扱いを受けた者の気分になって、胸くそが悪くなった。

——こんなものいらんわい。

財布を突っ返そうとしたが、そういう奴の金だから使ってやろうと逆に思い直して、駆け出した。

入れ替わりに、番頭がお初とともに案内してきたのは、泰平であった。刀を右手に持ち、辺りを窺いながら、渡り廊下を堂々と歩く姿は、やはり只者には見えない。

険しい顔は二日酔いの影響だが、何かに怒っているようにも見えた。

勝手口から出て行こうとした文左だが、誰が来るのか見てみようと思って、植え込みの陰から戻ってみると、渡り廊下から奥座敷に消えたのは、

――あれ？　今のは、たしかに天下泰平の旦那だよな。だよな……だよな!?

何度も自問自答しながら、文左はこっそりと奥座敷に近づいた。

四

床の間を背にして座った泰平に、番頭は脇息《きょうそく》をあてがって、

「すぐに酒の用意をさせますので、しばらくおくつろぎ下さいませ」

と慇懃《いんぎん》にへりくだって言った。

「いや、酒はいらぬ。二日酔いでな。むしろ酔い醒《さ》ましに、濃い茶でも貰おうか」

「茶……ですか」

「うむ。できれば甘い物もな。俺は饅頭《まんじゆう》には目がなくてな」

「あ、はい。承知致しました。只今、只今」

番頭は仁左衛門に目配せをして立ち去った。

「お酒もさることながら、お初の味は如何でございましたでしょうか」

仁左衛門が探るように尋ねると、泰平は毅然と顔を睨みつけて、

「味……とは、どういう意味だ」

「は？」

「どういう意味かと訊いておる……答えられぬことを人に訊くな」

「あ、はい……」

これはマズいという表情になって、仁左衛門は相手の機嫌がよくなる言葉を探していたが、泰平はそれも見抜いたように、

「余計な気遣いはよい。それより、この女たちを解き放ってやれ」

「は？」

「みなまで言わせる気か。おまえが近在の村から、借金に苦しむ若い娘を連れてきて、飯盛り女にしているそうではないか」

「私がですか。とんでもございません」

「おまえは穀類の作付けに苦しむ農民に、養蚕《ようさん》を勧め、そのため金を貸し与えて営ませた。まあ、それはよいことであろう。豊凶にあまり関わりなく、人々の食い扶持《ぶち》を与えるのだからな。しかし……」

「しかし？」

「その借金の形に、若い娘を取るのは如何なものかな」

「お言葉ですが、八州様《はっしゅう》……」

「八州様、だと？」

泰平がぎろりと睨みつけると、仁左衛門は固いものでも飲み込んだように、言葉を詰まらせた。八州様とは、関八州取締出役《とりしまりしゅつやく》のことであり、〝泣く子も黙る〟存在であった。殊《こと》に天領を預かる代官が、何か不正をしていないかを見張る役だったから、代官手付《てつき》や手代《てだい》という役人はびくびくしていた。

「――どうして、俺のことを知っている」

鎌を掛けて泰平が訊くと、仁左衛門はその垂れた頬をぶるんと震《ふる》わせて、

「あ、はい……あなた様が権太坂で、腕っ節の強い荒くれ者を、あっという間にぶっ飛ばしたという話を聞き……」

「話を聞き？　つまりは、あの中に、おまえの耳目役がいたということか」

「いえ、それは……」

「それほど八州廻りの動向が気になるということは、疚《やま》しいことがあるからであろう。このお初のような女のことも、バレるのを恐れている。違うか」

「めっそうもございません」

「白《しら》を切っても無駄だ。銀蔵という二足の草鞋の目明かしに、莫大な金を融通しているのは、おまえ。それで、宿場の賭場や売春宿など、好き放題させているそうではないか」

「そんなことまで……」

喋ったのかと、仁左衛門はお初を睨みつけて、

「おまえ……裏切るつもりか、この役立たずが。どれだけ、私が可愛がってやったと思ってるのだ、このッ」

と思わず声を荒らげて、シマッタと口を押さえた。それを見た泰平は苦笑して、

「意外に正直な奴だな。もう少し、腹黒い奴かと思うていたぞ」

「………」

「正直ついでに、宿場に巣くっているあれやこれや、洗いざらい話せば、おまえのこ

とは何も咎《とが》めぬ。どうだ」

「……どうか、八州様……私の意も汲《く》んで下さいませ。私はただの商人。疚しいことなど、何もありません」

「都合が悪くなれば、商人面か……」

そのとき、番頭が三方《さんぽう》に白い絹布を被《かぶ》せたものを持って戻って来た。

「ご所望の甘い物でございます」

仁左衛門の前にそっと差し出して、絹布を取ると、そこには封印した小判の包み十二個が、山形に載せてあった。

「どうか、これをお収め下さいませ。これで、満腹にならなければ、さらに用意させていただきます」

一瞬、目を輝かせて小判を見やった泰平の口元から、ずるりと涎《よだれ》が流れた。そのように見えるほど、口元がだらしなく垂れた。

「如何でございましょうか……」

仁左衛門はしばらく、じっと眺めていたが、泰平はじわじわと怒りが込み上げてきたように肩を震わせて、

「──俺を舐《な》めておるのか、相模屋」

「た、足りませぬか」

「ああ。まったく足らぬッ。かような半端なもので俺を籠絡《ろうらく》する気か!」

小判を鷲《わし》づかみにするなり、泰平はバシッと床に叩きつけた。一瞬にして、チャリンと小判が弾け飛んで散らばった。

お初は驚いて、泰平を見やって、

「嘘……なんてことを……こんな人だったなんて……」

と呟いた。だが、泰平は構わず、立ち上がり、さらに三方を足蹴《あしげ》にして、

「出直すから、それまでによく考えておけ! 分かったな!」

激しく怒りをぶつけて、その場から去ろうとした。

そのときである。

「待ってくれ、旦那ア!」

と植え込みの陰から、文左が飛び出してきた。

「あっ!?」

振り返った泰平は指さして、ほんの一瞬、凍りついたが、文左の方は一部始終、聞いていた様子だ。鼻で笑って、見透かしたような顔で、

「そういうことやったんか、旦那。『お宝人』なんぞと言いながら、やっぱり偉い人

だったんやねえ。ただし、その地位を使って、えげつない真似をする奴とは思ってもみませんでしたよ」

「あ、いや、そうではない……」

「現に、千両もするお宝の絵図面を持ち逃げした」

「違う違う。あれはあの時、虫がうようよ出てきたからでな……おまえがいるとややこしくなる。後で話して聞かせるから、失せろ」

泰平が威嚇《いかく》するように言うと、文左は構わず近づいて来ながら、

「そうはいきやせんや。きちんと返すものは返して貰いますからね」

「返すもの？　何の話だ……お宝絵図のことなら……とにかく、立ち去れ」

言うことを聞かずに、ひょいと座敷まで上がり込むと、文左は飛び散った小判を拾い集めはじめた。

「旦那。金を粗末にしちゃバチが当たりますぜ。これは、あっしが預かっておきます。あしからず、ごめんなすって」

「おまえ、言葉がめちゃくちゃだな」

「諸国を旅したからでしょう」

「そんなことは、どうでもいい」

「なんだよ、訊いたのは旦那でしょうが。トンチンカンやなァ」

「金をどうするつもりだ。何をするつもりだ」

「旦那の返済にあてましょう」

「返済？」

文左はちゃっちゃと小判を数えて、

「しめて三百両。ハハッ。これで、いっぺんに元が取れた……あ、そうじゃない……旦那、千両から三百両引いて、残りは七百両。まずまずの稼ぎでんな」

「言っている意味がよく分からぬが？」

首を傾げる泰平と、小判をほくほく顔で大きな巾着袋に入れている文左を見比べながら、啞然《あぜん》と見ていた仁左衛門が訊いた。

「知り合いだったんですかい、文左さん」

「いや、知り合いって程じゃないですがね、まあ、知ってるちゃあ知ってる」

「だったら、あんたからも口添えしてくれんかね。これで手を打ってくれと……」

哀願《あいがん》するように言う仁左衛門に、文左はほくそ笑んで、

「そりゃ、虫がよすぎやしやせんか、相模屋さん。あれほど懸命に頼みにきた百姓衆には冷たく振る舞いながら、自分のこととなると、そんな態度とはねえ」

「頼むよ。でないと私は……銀蔵親分にどのような目に遭わされるか……銀蔵親分の後ろ盾には代官がいるし、睨まれたら、私はもうこの宿場にはいられない……」

「代官、だと？」

泰平の目がギラリと光った。だが、仁左衛門はそれに気づかず、そわそわと落ち着かない様子のまま、

「いや、首を吊らなくてはならない。いやいや、その前に殺される」

悲痛に泣き出しそうになった顔の仁左衛門を見て、泰平は追い打ちをかけるように、

「ならば尚更《なおさら》、かような女を助けてやるのだな。でなければ、おまえもいずれ地獄に堕《お》ちることになろう。よく考えるのだな」

強い口調で泰平はそう念を押すと、文左が抱え込んでいる巾着袋を取って、仁左衛門に叩きつけた。また、バラバラと小判が床に散らばった。

「分かったな、相模屋！」

吐き捨てて、泰平は堂々と渡り廊下を立ち去った。

「だ、旦那ア！　この袋ン中には、俺の金も入ってンですからね」

「それで、お初の身請《みう》けでもしてやれ」

遠くから言い放って、泰平は姿を消した。

「まったく、何をしでかすのや、あのバカチンが」

せっせと拾い集めている文左の手を、仁左衛門は握った。

「財布、返してくれ」

「え？」

「先程、渡した私の財布だ。それと……あんたは無一文だったはずだが？」

仁左衛門は腹立たしげに、文左を押しやって、

「後で、きちんと話をつけますから、とにかく八州様にはよしなに」

と深々と頭を下げた。

「さあ。早く追いかけて」

「――あ、ああ……」

文左は物欲しげに、指をくわえて、小判を眺めることしかできなかった。

五

清源寺の山門の扉は開け放たれたままで、住人たちはいつでも参拝することができ

た。徳川家康《いえやす》の側室、お満《まん》の方が阿弥陀《あみだ》像を安置して開かれた寺である。

町中ではあるが、竹林に覆われた風情《ふぜい》豊かな寺には、雀の声とともに、どこからともなくそよそよと心地よい風が吹いていた。

「旦那……本当にこんな所に、徳川家の財宝があるのですか？」

「ほら、見てみろ」

泰平が広げたお宝の地図を見ると、たしかに記されている。

源頼朝が〝いざ鎌倉〟と駆けつけてくる武将らのために隠していたと思われる金銀が備蓄されており、それが戦国大名の北条《ほうじょう》氏や今川《いまがわ》氏を経て、徳川の秘宝となったようだ。

「もっとも眉唾《まゆつば》かもしれぬがな。あの信長の骨壺とやらも紛《まが》い物だったし」

泰平が苦笑で口を歪《ゆが》めると、文左はパッと地図を奪い取った。

「おい、何をする。返せ」

「嫌ですよ」

「俺が千両で伊勢屋から買ったものだぞ。泥棒」

「冗談じゃありまへんで。これはね、俺が三百両……あ、ちゃうちゃう……旦那の払うべき千両、俺が立て替えたんですよ」

「旦那が、あのままトンズラこいたから、伊勢屋さんはカンカンで。俺が宥《なだ》めた上に、千両をポンと出して来たんやがな。ほら、証文もこのとおり」

と掲げて見せたのは、伊勢屋直筆で押印している受領書だった。今で言えば、債権債務の関係をきちんと書いている。つまり文左は、伊勢屋が泰平に対して持つ〝千両〟の債権を、伊勢屋から〝三百両〟で買ったのである。もちろん、いくらで買い取ったか、その値は伏せてある。

「だから、俺は旦那から金を返して貰わなければならない。千両をね!」

「なんだ? 勝手にそんなことをしたと言われてもな」

「勝手じゃありまへん。ちゃんとした商取引でっせ。言うたでしょう、伊勢屋さんに立て替えてあげたのですから、千両が返ってくるまで、このお宝の絵図面は、借金の形として、俺が預かっておきます」

「待て……俺は改めて、旅先から伊勢屋に文を出したんだ……必ず後で返すと」

「そんなこと知ったこっちゃありまへんがな。この証文が、旦那と俺との関わりを示してます。いいですか? 旦那は俺から、千両借りてまんのやッ」

自分が言うことは正論で、断固、譲らぬという姿勢で、文左は訴えた。証文を見る限り、それは正しいことだった。

「このお宝の絵図面を使って、財宝を掘り当てれば、千両なんて一遍に返せるやないですか。それどころか、大儲けや」

「ならば、文左……この寺にある源頼朝のお宝とやらを探し出してみようではないか。もっとも、盗んではならぬぞ。よいな、あくまでも見つけ出して、しかるべき所に届けるのだ」

「しかるべき所ってなんです？　旦那……本当に八州廻りなんですか」

「いや、違う」

意外にもあっさりと泰平が答えたので、文左は肩透かしを食らった。

「なら、一体、何のためにあの相模屋とやらを恫喝《どうかつ》してたんです」

「可哀想な女がいたのでな」

「女、ねえ……旦那、そんなに女好きでしたっけ？」

「代官とやらが裏にいて悪さをしてるとなると、気になるではないか」

代官とは、勘定奉行のもとで、幕府の領地である天領の行政、司法を担当する、いわゆる地方官吏《かんり》である。概《おおむ》ね、前者を地方《じかた》といい、後者を公事方《くじかた》と呼ぶが、中でも徴税が一番重要な役目だった。ために、過酷な取り立てに、領民は怯《おび》えて暮らしていた。まさに命の綱を握られていたのである。

代官は小禄の旗本が任にあたっていたから、上納すべき税を誤魔化《ごまか》して私腹を肥やしたり、管理下の宿場町の商家から袖の下を求めたりする者もいた。遠隔地ゆえ、悪行が江戸表に露見《ろけん》することはない。むろん、まっとうな代官もいたが、その気になれば好き放題にできた。だからこそ、八州廻りや巡見使、目付などの動きを気にしていた。泰平のような素性の知れない浪人が現れたときには、

――隠密裡《おんみつり》に領内を探っているから、気をつけろ。

と役人たちは目を配り、あの手この手を使って籠絡《ろうらく》しようとしたのである。

「この地もそうだ。嫌な臭いがプンプンするではないか」

「そうですかねえ。わざわざ面倒なことに、かかずりあわなくても……」

「困っている者を見て見ぬふりはできんじゃないか。おまえも世のため人のために商いをやるのではなかったのか？」

「そんなこと言いましたっけ」

「顔を見てれば分かる」

「またまた……ほんと適当なことを言う人ですねえ、旦那は」

文左は呆れ返ったものの、まんざらでもないようで、お宝地図を大切そうに仕舞う

と、早速、お宝を得るために、寺の周辺を探りはじめた。

その頃――。

宿場から鎌倉雪《ゆき》ノ下《した》に向かう脇街道にある代官陣屋に、銀蔵が相模屋を連れて来ていた。関東の代官は江戸在府が原則であり、支配地の検見や検地、重要な訴訟《そしょう》などがあるときのみ任地に赴《おもむ》くものだった。

待っている銀蔵と相模屋仁左衛門の前に、代官の小林幸太夫《こばやしこうだゆう》が現れたのは、日が暮れてからであった。江戸までは早馬や早駕籠であれば、一日で往復できる所である。実は権太坂で泰平の姿を見てから、代官手付の手塚文兵衛《てづかぶんべえ》が江戸へ報せに走っていた。

「代官様……わざわざのお出まし、ご苦労様でございます」

「挨拶《あいさつ》などどうでもよい」

小林は不機嫌な顔で、その長身を折りたたむように上座に座るなり、

「八州廻りの方はどうなった」

八州廻りとは関東取締出役が正式な名称で、勘定奉行支配にある。八州廻りが見廻りに出ることを、小林は江戸で小耳に挟んでおり、すでに賂《まいない》を渡していた。だか

ら、自分の支配地に来て、無理難題を言うはずはないと踏んでいた。

「相模屋。うまく立ち回ったのであろうな」

さらに不愉快な顔で迫るのへ、相模屋は額《ひたい》に冷や汗をかきながら、

「いえ、それが……三百両の袖の下を渡そうとしたのですが、金など目もくれず、叩き返されました……」

「それは、もっと寄越せという意味だ。五百両でも千両でも渡せばよいではないか」

「はい。また来るとは言ってましたが……私の見たところでは、一筋縄でいかぬ頑固な正義漢と感じました」

「正義漢……？」

妙だなという顔つきになって、小林はぽつりと誰にともなく、

「福沢通兵衛《ふくざわつうべえ》様はさような正義なんぞ、クソ食らえという人だがな」

「──福沢……とおっしゃるのですか、八州様は」

仁左衛門が何気なく訊き返すと、小林は眉間に皺を寄せて、

「なに。名も尋ねておらぬのか」

「隠密裡に動いていましょうから、名はとても訊けませんでした」

「どのような男だった」

「はい。小林様ほどではありませんが、背の高い立派な体軀で、いかにも正々堂々とした涼しい目をした御仁でした」

「八州様が、か」

「は、はい……手下に、文左という大坂の掛屋の倅と名乗る若い者を使っていました。後で考えると、文左がうちに来たのは、もしかして前乗りではなかったかと……」

「文左……俺は知らぬが……待てよ。もしかして、そやつ、〝あぶの文左〟という遊び人かもしれぬな」

「あぶの文左？」

銀蔵の方が、その名に反応した。

「聞いたことがありやすよ、お代官様。たしかに、大坂の大店の息子だが勘当されて、街道という街道を、親の金を使いまくって遊んでるというバカ息子で、渡世人の中にも仲間がいるという。そんでもって、カッとなればすぐに、あぶのように刺すという」

「なんだと？　むふふ……これは、どうやら、お上も恐れぬとんでもない輩だな」

小林が脇息をガタガタ揺らすと、投げられるのではないかと、仁左衛門は思わず両手を掲げた。以前も一度、逆鱗《げきりん》に触れて額に受けたことがある。

「そもそも、福沢は大柄な男ではない。むしろ、痩せギスの小男だ」

「ええ⁉」

仁左衛門も銀蔵もひっくり返りそうになった。

「そやつが贋者《にせもの》だとして、相模屋、おまえから三百両の金を受け取って逃げるのなら分かる。だが、叩き返すとはどういう了見だ。もっと金を出すと欲を掻いたか、それとも他に狙いがあってのことか……」

みるみる形相が強張《こわば》る小林を、銀蔵と相模屋はじっと見つめていた。

「妙だ……あの娘なら、手塚の報せがあって後、俺の手の者が探し出して、始末したはずだ……江戸表に俺たちのことが知られるはずがない……」

小林の暗い表情に追い打ちをかけるように、庭先には雨が降り出した。

六

翌朝になっても、雨足はおさまらなかった。

宿場の道はぬかるみ、本来なら、縁日のために出ているはずの屋台なども、すっかりたまれていた。

「なんだね、もう……」

蛇《じゃ》の目傘を廻しながら、お藤が舌打ちすると、近くを駆けてきた銀蔵が水を跳ね上げた。たっぷり溜まっている水たまりを踏んだのである。

ビシャリ――。

お藤は顔まで泥水を浴びたので、子分たちとそのまま駆け抜けようとした銀蔵に、

「ちょいと兄さん。人に水をぶっかけといて、謝りもしないのかい？」

「なんだ、アマ。それどころじゃねえんだ」

「待ちなよ。江戸じゃ、そんな仕草は野暮《やぼ》だってンだよ」

「ここは江戸じゃねえ。あばよ」

銀蔵はちらりと十手を見せびらかせて、そのまま駆け去っていった。

頭に来たので、近くにあった小石を拾って投げたら、もろ銀蔵の頭に当たった。

「――や、やろう……」

振り向いて、目を真っ赤にして突っかかってきたので、お藤も思わず自分から向かっていき、平手をバシッと食らわせた。

一瞬にして、銀蔵はお藤をぽかんと見やった。

「こちとら、雨のせいで、やる予定の大道芸もお流れになったんだい。これで今日も一文なしだ。十手をひけらかすくらいなら、ちゃんと駄賃《だちん》払いな。あたしら大道芸人殺すにゃ刃物はいらぬ。雨の三日も降ればいい、ってさ。けどさ、本当に殺されちゃ、たまんないんだよ」

「……おめえ、もしかして、水芸をやる〝出雲《いずも》のお藤〟って女かい」

「そうだよ。文句あるかい」

「ねえよ……ちゃんと見りゃ、噂に聞くより美形だな。はは、よし分かった。雨で流れたぶんは、俺が面倒見てやろうじゃねえか」

「本当かい？」

「ああ。ついて来な……おう、後はおまえたちに任せる、行け」

と子分たちを促すと、銀蔵は鼻の下を長くして、

「ささ、おいでなせえ」

誘われるがままに、ついていったお藤は、間口の広い仕舞屋《しもたや》風の屋敷の前で、あっと驚いて立ち尽くした。あまりにも立派というより、『銀蔵一家』と染め抜かれた暖簾《のれん》に驚いたのである。

「どうした、姐《ねえ》さん。遠慮なく入ってくれ」

銀蔵が背中を押して、玄関の中へ入れようとすると、中から、いかにも人相のよくない若い衆が数人、飛び出して来て、

「お帰りなさいやし。ご苦労様でした」

手拭いや盥《たらい》を素早く用意してきた。

銀蔵が自ら、手拭いで汚れたお藤の顔を拭いてやり、白い足を丁寧に洗ってやりながら、

「俺ア、おまえの器量と度胸にぞっこん惚《ほ》れた……こんな肝の据わった綺麗な女はめったにいねえ。おまえさえよけりゃ、いつまでもいていいんだぜ」

「おや、そうかい？　だったら遠慮なくお邪魔するよ」

「そうと決まれば、今日は御用を納めて、おまえさんと、しっぽり一杯やるかねえ……その前に、旅の汗を落としてくるがいい。うちには、でっけえ湯船もあるからよ、えへ、えへへ」

嫌らしい笑みを洩らして、銀蔵は子分たちに酒宴の用意をさせた。

奥の座敷で、銀蔵とふたりだけになったお藤は、高足膳に並ぶ煮魚や桜鍋などをつつきながら、襟足《えりあし》をずらして火照《ほて》った肌を挑発するように見せつつ、

「親分さん。天下泰平って知ってます？」

「え、ああ。知ってるともさ」

「ほんと⁉　何処にいるんです？」

「何処にいるって……まあ、今の世の中、どこでも、そうじゃねえか」

「じゃなくて、この人のことだよう」

と、お藤は人相書を差し出して、

「素浪人なんだけどね、人のものを盗んで逃げるような悪い奴なんだ。もしかしたら、親分さんのような十手持ちなら、分かるかもって思ってさ」

人相書は、まさしく泰平の顔だった。高札に張られるようなことはしていないが、お藤は人探しをするために、わざわざ〝偽造〟したのである。

「何枚もあるから、これで探しておくれな」

その人相書を見た銀蔵は、まじまじとお藤を見やって、

「姐さん。あんた、運がいい。この男ならば、俺も探していたところだ」

「ええ、本当に⁉」

「ああ。この銀蔵、嘘と尻餅《しりもち》はついたことがねえんだ」

「そりゃ頼もしい。よろしく頼みますよ」

「で、この男、何をしでかしたのだ？」

「私が大切にしていたお宝を盗んで逃げたんですよう」

「お宝を」

「ええ。街道で尋ね廻ってたら、この辺りで見かけたって人がいてね。親分さんは、どうして探しているんです？」

「とんでもねえ悪党だからよ」

「悪党……」

「八州廻りのふりをして、飲み食いをした挙げ句、宿場女郎にまで手を出して、終《しま》いには宿場で一番の商家の主人を脅《おど》してな、大金を奪い取ろうとした」

「ほ、本当ですか？」

そこまでするとは、お藤には俄には信じられなかったが、

――いや、人は見かけによらないからねえ。

と思い直して、すぐにでも見つけて欲しいと嘆願した。

「分かってるよ。実はさっきの子分たちは、この人相書の男を探してるンだ。そのうち、いい報せが飛び込んでくるだろうよ。だから、それまで、な……」

銀蔵はお藤に寄り添って、肩や背中、尻を撫《な》でながら、

「果報は寝て待てって言うだろう。折角《せっかく》だから、寝て待とうじゃないか」

「嫌ですよう、親分さん。あたしゃ、惚れた男にはすぐに身を預けないんだ」

「惚れた……？」

「だから、もう少し、ゆっくりと……ね。じらすわけじゃないよ。親分とは、じっくり時をかけて、大切に過ごしたいだけだよ」

「だったら……よう、俺はもう、辛抱《しんぼう》たまらんぜ、おう」

と押し倒そうとしたとき、

「親分！　いやしたぜ！　あの男たちが、雁首揃《がんくびそろ》えて！」

「──ば、バカやろうッ。これからってときに何だ」

雨でびしょ濡《ぬ》れの子分は、ふたりの様子を察したが、

「早くしねえと捕り逃がしちまう。そんなことになったら、代官様に何をされるか分かったもんじゃありやせんぜ」

「おめえらで捕まえてくりゃ、いいじゃないか」

「それが……あの素浪人、強いのなんのって、俺たちが束でかかっても、びくりともしねえどころか、この様《ざま》で」

よく見れば、子分の顔は腫《は》れ上がっている。それを見たお藤は、

「そいつは、本当に強いから、気を引き締めてやらないと、えらい目に遭うよ」

と不安を煽《あお》るように言うと、銀蔵はすっと立ち上がって、

「分かった。その代わり、天下泰平とやらをとっ捕まえた暁には……」

「しっぽりと濡れましょう」

しなを作って微笑んだお藤の尻をもう一度、べろんと撫でてから、

「てめえら！　みんな出入りのつもりで仕度しろい！　ただし殺すなよ。生け捕りにして、お代官に差し出すンだ！」

銀蔵は子分たちに叫んでから、おもむろに離れに行って、

「先生……出番ですぜ」

と声をかけた。

そこには、薄暗い中、行灯《あんどん》あかりのもとで、背筋を伸ばして書見をしていた浪人の姿があった。いかにも武芸者らしい隙のない背中を見たお藤は、

「もしや……」

と声をかけた。

「ああ、やっぱり。あのときのご浪人さんだ。たしか、槍の河田さん」

振り向いた河田正一郎は小首を傾げ、

「どこぞで、会うたかな」

「ま、細かいことはいいじゃない。旦那が助っ人ならば百人力だ。銀蔵親分さん、あんた、お目が高いわあッ」

何が嬉しいのか、お藤は猿のようにキャッキャと飛び跳ねて、ひらひらと人相書を正一郎に見せた。

七

この宿場の問屋場は、宿場を通る旅人の荷物やその貫目を改めたり、馬を用立てたりするが、今日のような雨の日には、人の出入りは少なかった。

だが、思わぬ客が押しかけてきたことに、主人の安右衛門《やすえもん》は戸惑っていた。それが、泰平と文左だったのだ。

「まさか、こんな目に遭っているとは……申し訳ない。俺のせいだ」

泰平は床に額をつけるほどに謝った。

「いえ、お武家さんのせいではありません。悪いのは……悪いのは……江戸に行かせた私の……」

と答えようとした安右衛門は、目の前の娘の亡骸《なきがら》に嗚咽《おえつ》してしまった。娘とは、先日、権太坂で、駕籠舁きに襲われたときに、泰平が助けたお菊のことである。

「まさか、こんな姿で帰ってくるなんて……」

実は一刻（二時間）程前、泰平と文左が運び込んだばかりだった。それを遡《さかのぼ》ること半日前、清源寺にあるはずのお宝を探していたところ、住職に見咎められた。

事情を話すと、たしかに財宝はあったが、もう三十数年も前に、幕府の勘定方の者が来て、すっかり掘り出して行ったとのことだった。その話は事実で、当時の住職が立ち合い、数万両に相当する金銀を持ち去ったことが、書き残されており、寺が承諾したという証文もあった。

住職にお宝絵図を鑑定して貰うと、

——おそらく大久保長安《おおくぼながやす》が記した本物であることは確かだが、実際に財宝がどこまで残っているかは、分かりかねる。

とのことだった。

大久保長安とは元は武田信玄《たけだしんげん》の家臣で、その後、家康に寵愛《ちょうあい》され、金山奉行などを任され、一時は老中並に幕政を牛耳《ぎゅうじ》っていた。その頃に、八王子《はちおうじ》代官として八千石を任されていたが、実質は九万石とも言われ、家康の直轄領の百五十万石に及ぶ地を支配していた。だが、家康に隠れて、不正に蓄財をしたがため、悲惨な晩年を余儀なくされた。

——徳川家が秘匿《ひとく》した財宝の秘密を知っているから抹殺された。

という噂も残っている。

そんな話を聞いていた折、清源寺の山門に、無惨に斬り殺されたお菊の死体が、何者かによって投げ込まれたのだ。この寺が、問屋場の安右衛門家の菩提寺《ぼだいじ》だったからである。

泰平と文左は、住職から事情を聞いて、送り届けてきたのだった。

「こんな姿になるなんて……私がいけないんです。私が娘に託《たく》したばっかりに……」

安右衛門は娘に泣きすがりながら、とめどもなく涙を流し続けた。

「何を託したのだ」

泰平は父親の悲しみはよく分かっていたが、あえて尋ねた。

「やはり、江戸表に届けねばならぬ不正が、この宿場にあるのだな」

「…………」

「宿場の者たちが、俺を八州廻りと間違えて、饗応《きょうおう》するには、よほど公儀に知られてまずいことがあるに違いあるまい。お菊さんは、そのことを報せるために江戸にいこうとしたのではないか」
「はい……その通りでございます」
袖で涙を拭って、安右衛門は泰平に向き直った。
「この宿場は、江戸に近く、東海道と武州八王子道、鎌倉から浦賀《うらが》へ至る道がありま
す。そのお陰で、上州《じょうしゅう》や信州《しんしゅう》からの生糸が送られてくる絹の道でもあるのです」
「絹の道、な」
「はい。ですが、諸国から運ばれてくる生糸を使うよりも、地元で作った方が安くで
き、運搬に金もかからぬということで、代々、代官が中心になって殖産に励みました
……しかし、それらは百姓の犠牲の上に立ったことです。いえ、たしかに百姓が餓《う》え
から救われたのは事実でございましょう。しかし、生きるために、代官の言いなりに
ならざるを得なかったのです」
「それに、相模屋も一枚、嚙んでいた、というわけか」
「あの人も、本当は利用されているだけなのかもしれませんがね……相模屋さんも儲
けるために、代官を後ろ盾にして、生糸の仕入れ値を安くして、売値は高くすること
で、あっという間に、のし上がったのです」
「………」

「仕入れのことで文句を言うようになると、銀蔵がしゃしゃり出てくる。そうやって、力任せに、この宿場には何十軒もあった小さな絹問屋や呉服屋はすっかり店をたたむハメに陥《おち》ったのです」

「それで、相模屋のひとり勝ちってことか」

その通りだと、安右衛門は力なく頷いて、

「脅しやすかしは当たり前……中には、うちの娘のように殺された人もいます。それでも代官所の役人たちは知らん顔……いいえ、代官こそが張本人なのですから、どうしようもありません」

「なんてことだ」

「今じゃ、この宿場は代官と相模屋のものですからね。少しでも逆らえば、銀蔵一家になぶり殺しですよ」

傍《かたわ》らで聞いていた文左が、しくしくと泣き始めた。それを見ていた泰平は、

「おまえでも泣くことがあるのだな」

と声をかけても、駄洒落《だじゃれ》ひとつ返ってこなかった。

「…………」

「旦那……酷《むご》い。こりゃ、あまりにも酷すぎやすぜ。あんな男の所に泊まって、寝

て、飯を食わせて貰ったてめえが恥ずかしい」

　文左は手伝っていた帳簿づけのことをハタと思い出して、

「そういや……どうも、金の出入りや流れがおかしいところがあると思ったンだ……儲けすぎて、表に出来ない金は、代官の懐に入っていたってことか」

「そうなのか？」

「ああ。間違いねえ。これでも俺ァ、算盤を弾くことだけは、誰にも負けねえんだ」

「だとしたら、その帳簿は不正の証になるってことだな。勘定奉行に届ければ、いくら代官でも白を切れまい」

「勘定奉行……」

　驚いた目を向けた文左は、改めて溜息をついて、

「やっぱり、本当は旦那、八州廻りなんじゃ？　勘定奉行様をご存知なんですね」

「いや、知らぬ。だが、このまま……」

「見て見ぬふりはできぬ、でっか」

「ありがとうございます。でも、もう、どうしようもありません」

　安右衛門は絶望に満ちた顔を横に振り、

「余所《よそ》から来た方に情けをかけられても、この宿場の者がどうにかしようという気が

ない限り、立ち直ることはできないと思います」

「それは、あんたの役目ではないのか？」

泰平は、しっかりせよと肩を叩いた。

「問屋場の主人といえば、地元の顔役だ。あなたさえ強い心でいれば、必ずみなつい
てくる。死ぬほど辛いのは分かる。娘さんがこんな目に遭ったのだからな。だが、こ
こで挫《くじ》けては、それこそ娘さんの死が無駄になるではないか」

「…………」

「鬼退治は俺たちが引き受けた。だから、あんたは、鬼がいなくなった後の宿場を、
立て直すのだな」

「できるでしょうか、私に……」

「やらなければならないのだ。でないと、代官に苦しめられた農民も、春をひさぐし
かなかった女たちも、可哀想過ぎるではないか。俺は断固、闘う」

毅然と言ってのけた泰平は、目を閉じたままのお菊の姿を見つめ、

「娘さんを助けることができなかった、せめてもの罪滅ぼしだ」

と囁《ささや》いた。

そのときである——。

ザアザアという雨音を打ち消すほどの、何人もの足音がしたので振り向くと、表通りに襷《たすき》がけに鉢巻き姿のやくざ者たちが三十人ばかり集まっていた。

凝然と見た文左は、今したばかりの決意が急に萎《な》えた。

「だ、旦那……こりゃ、相手が多すぎる。敵《かな》いっこないですぜ」

何も答えず、悠然と表に出た泰平は雨飛沫《しぶき》を浴びながら、

「ふむ。血を流すには丁度よい雨だ。文左……猿も木から落ちるというが、あれは雨が降ったときがほとんどだ……気を引き締めてかかれよ」

「ちょ、ちょっと旦那……」

「怯《ひる》むな。腰の長脇差《ながどす》は何のためにあるんだ。あぶの文左の働き所ではないか」

「ちぇ。仕方ねえ……その代わり、安右衛門さんよ。俺が生き残ったら、この宿場の絹の取り引き、ぜんぶ俺に任せて貰いまっせ。なに、相模屋のような阿漕《あこぎ》な真似はせえへん！」

羽織を脱ぎ捨てると、文左は着物の裾をたくし上げ、ペッと唾を掌にかけて、長脇差の柄をぐいと摑んだ。

八

土砂降りは続き、靄《もや》が広がって、あたりの建物も見えなくなるほどだった。もわっと広がる白い雨煙の中に、ならず者たちは長脇差や匕首を握り締めて散った。それを掻き分けるように、後ろから、代官の小林と銀蔵が現れた。

「天下泰平、並びに、あぶの文左。大人しく縛《ばく》につけ。さもなくば、斬る」

「そっくり、そのまま返そう」

と泰平は、小林に鋭い目を向けた。

「素直に、てめえを縛って、お恐れながらと勘定奉行に己が不正の顛末《てんまつ》を申し出れば、命だけは取らぬ」

「なんだと？　貴様……素浪人の分際で、何様のつもりだ」

「何様でもないが、あえて答えれば、天下御免の鬼退治。こやつは一の子分の猿ってところだ。なあ、文左」

「勝手に子分にするな」

文左はそう返しながらも、抜いた長脇差で一打ち、ブンと踏み出した。その勢いがあまりにも凄《すご》いので、やくざの子分たちは、思わず後ろに下がった。

「さあさあ、あぶの文左が相手になってやっから、死にたい奴はかかって来んかい！」

「構わぬッ。やってしまえ」

小林が叫ぶと、やくざ者たちは一斉に躍りかかった。

カキン、カキン――。

文左の腕っ節もなかなかのもので、いかにも喧嘩慣れした腰つき、剣捌《さば》きで、相手を摑んだり投げたり、足蹴にしたりしながら、ぬかるんだ地面に打ち倒した。

中には文左の刃を浴びて、手足に傷を受け、悲鳴を上げて、のたうち回る者もいた。それをも踏んづけながら、文左は敵を斬り倒していった。

必死に斬り込んでくる奴には、得意の突きを浴びせて、大怪我をさせた。

泰平はまだ刀を抜かず、斬りかかってくるやくざ者や代官役人を蹴散らしていたが、やがて、小林と銀蔵だけになると、おもむろに真剣を向けた。

「貴様……俺を斬るというのか。代官のこの俺を！」

「だから言うたではないか。俺に斬られたくないなら、自分でお恐れながらと上役に申し出るか、さもなくば潔く腹を切るかだ」

「戯《ざ》れ言《ごと》を……おまえらさえ叩き斬れば、済む話よ」

小林が一歩下がると、銀蔵がすぐさま庇《かば》うように前に出たが、

「先生！　よろしくお願いしますよ！」

と声を上げると、やくざ者たちが潮が引くように後ろに下がって、代わりに河田正一郎が槍を抱えてズィと出てきた。

「おう。槍の河田殿ではないか」

「覚えておったか」

「ついこの前のことだ。忘れたらバカだぞ。というか、おまえこそ何をしておる。かような奴らの用心棒に成り下がったか」

「黙れ。俺が相手をしてやる」

「待て待て。気がそがれることをするな。俺はだな、そこな悪代官を……」

「問答無用！」

正一郎はいきなり泰平に、槍の穂先を突きつけてきた。一寸で見切ってよける泰平だが、足下が滑《すべ》って、手練《てだ》れが相手だとやりにくい。しかも、正一郎の穂先は、まるで雨粒と雨粒の間を縫《ぬ》うように攻めてくる。

「よせ、やめろッ」

懸命に避けていたが、正一郎の穂先がシュッと泰平の着物の裾を突き抜けた。その柄を巻き取るように腕で押さえて、泰平は刀を打ちつけると、正一郎はもう一方の腕で、脇差を抜いてガッと受け止めた。

そのまま、ふたりは抱き合うような格好で、路地の方へ踏み込み、互角の力で押したり引いたりしているのを、小林と銀蔵、その子分たちも真剣なまなざしで見守っていた。

安右衛門も思わず飛び出してきて、心配そうに手を握り締めて見ている。激しい雨を浴びながら、正一郎の方が呟いた。

「貴様、なぜ、いつも邪魔をしやがる」

「邪魔だと？」

揉《も》み合いながら泰平が答えると、正一郎は歯嚙みするように続けた。

「そうだ。俺を追って来ているのか？　どういう了見なんだ」

「別に追ってなんぞおらぬ」

「なら、何故、代官や銀蔵を斬ろうとしているのだ」

「知らぬのか、奴らはッ」

「言わずとも分かっておる。俺はそのことを内偵しておったのだ」

「内偵？　おまえは一体……」

「いいから聞け。この場は俺に任して、おまえたちは、このまま逃げろ」

「なんだと？」

「それが一番よいのだ」

「どういう意味だ」

「代官を斬ったところで、事は解決せぬ。その裏の勘定奉行もつるんでるとしたら、どうする。トカゲの尻尾切りで終いだ」

「黙れ。そのために、宿場の人や百姓がもっと苦しんでもいいのか」

「とにかく、引け。でないと、こっちも本気で斬らねばならぬッ」

「やれるものなら、やってみろ！」

　泰平が力任せに足蹴で押しやると、ほんの一瞬、正一郎はよろめいた。その隙に泰平は槍の柄をガツンと叩き落として、小林と銀蔵に向かって走った。

——バッサ、バッサ。

　小林を袈裟《けさ》懸《が》けに斬り、返す刀で逃げようとした銀蔵を叩き斬った。

　ほんの一瞬の出来事に、ふたりは何が起こったのかも分からないまま地面に倒れ、だくだくと血が溢れた。傍《はた》で見ていた子分たちは、恐怖に顔を引き攣《つ》らせ、必死に逃げ出し、怪我をしている者はその場にうずくまって、両手を合わせて命乞いをした。

「お、お許し下せえ、お武家様……」

「俺たちは親分に従ってたまでで、へい……」

などと口々に震える声で言うのへ、泰平は怒りの顔のままで、

「斬りたくはない……だが、斬らねば救いのない奴もおるのだ」

と血振りをして、降りしきる雨で血脂を流すかのように、刀身を晒《さら》したまましばらく佇《たたず》んでいた。

振り返ると、正一郎が憮然《ぶぜん》とした顔で立っていた。

「馬鹿なことを……追われる身となっても俺は知らぬぞ」

「そうなるかどうかは、おまえしだいではないのか。槍の河田さんよ」

「…………」

「相模屋はすべてを話すであろう。おまえが何者かは知らぬし、尋ねる気もないが……あとは、そちらにお任せする。これで、お尋ね者になったとしても、一向に構わぬ」

泰平は濡れた懐紙で刀を拭って納めると、一度だけ安右衛門に頭を下げて、降り止まぬ雨の中を恬淡《てんたん》と歩き出した。

その夜――。

すっかり雨は上がり、嘘のように星が輝いていた。大山の向こうに傾きかけた三日月も、煌々《こうこう》と光っていた。

「今日は野宿かな……どこぞの寺の軒先でも借りるか」

ひとりごちたとき、後ろから、とぼとぼついて来ている文左がぶんむくれて、

「だから、相模屋の店から十両くらいくすねてくりゃよかったんですよ」

「おまえは人が盗んだものを、横取りするのか」

「盗んだものって……」

「相模屋は無辜《むこ》の人々から搾取したのだ。盗んだも同然ではないか。それを拝借すれば、こっちも盗っ人同然になろう」

「そんな理屈、屁《へ》の突っ張りにもなりまへんで」

プッと文左がおならをしたとき、ひらひらと一枚の紙が風に運ばれてきて、ふたりの足下に落ちた。何気なく拾いあげた文左はそれを見て、素っ頓狂な声を上げた。

「旦那、これ」

手渡した文は、泰平の人相書だった。

お藤が描いたものだが、ふたりが知る由《よし》もない。いや、参ったねえ、こりゃ。旦那、あっしは御免ですからね。ほな、さいなら」

「なんだよ、おい」

「旦那といたら、こっちも首を晒されることになりそうや」

「待てよ。俺に貸しがあるのであろう？」

「ええですよ、もう……このお宝の絵図面さえあれば、元が取れるどころか、大きな顔して大坂の親父のところへ帰れる。お宝は俺が貰いますから、あしからず」

駆け出す文左を泰平は追いかけながら、

「待て、ずるいぞ、文左。それは、借金の形だとおまえが言ったのではないか。だったら返せ、このやろう」

「知るか、ば～か」

足の速さならば、文左の方に分がある。

だが、その行く手に、またひらひらとさらに人相書が降ってきた。まるで紙吹雪《ふぶき》のように、どこからともなく落ちてくる。

「これも……あ、これもだ……旦那」

気持ち悪そうに引き攣った文左の前に、いつの間にか、すうっと人影が立っていた。

一瞬、幽霊のように見えたが、お藤だった。

「うわっ……誰だ、おめえ……」

文左は凝視してから、ほっと肩の力を抜いて、

「な、なんだ……お藤姐さんか……なんだって、こんな所に……」

「さあねえ。こっちが訊きたいよ」

と文左を押しやって、シナを作りながら泰平に歩み寄った。

「ねえ、旦那ア……伊勢屋から預かったお宝の絵図面。どうしたの？」

「おお、お藤か。どうして、ここへ」

「そんなことより、ねえ……」

「あの絵図面なら、文左が持っている。奴が千両を立て替えて、伊勢屋に払ったそうだ。だから、その形に取られた、はは」

「千両？」

お藤は、文左をゆっくりと振り返り、

「おかしいわねえ。伊勢屋さんの話じゃ、三百両に値切ったっていうよ」

「アッ。姐さん、余計なことを！」

「へえ。それで、旦那には千両を吹っかけようって魂胆《こんたん》だったのかい」

「何を言うンだよ。ちゃんとした商売じゃねえか。旦那の借金をチャラにしてだな、その代わり俺が旦那に……」

「どの道、七百両儲けようって腹だろ？」

「いや」

泰平は首を振って、文左を指さして、

「それどころか、こいつはその形を持ち逃げしようとした」

「うるせえ！　この欲惚《よくぼ》け女！」

文左はいきなり韋駄天《いだてん》で駆け出した。その速さたるや、まるで馬のようだった。

「あっ。待ちなさいよ、こら！　泥棒！」

金切り声で叫ぶなり、お藤は必死に追いかけたが、泰平はそれを見ながら、

「なんで、お藤が追わねばならんのだ……まあ、いいか。好きにしろ」

呆れ顔で見送りながら三日月を仰いで、道端に落ちている枯れ枝を拾った。それを星空に向かって投げて、落ちてきた方向を見やると、脇街道を指していた。

「冷えてきたな……」

ぶるっと全身を震わせた泰平は、懐手になって、ふたりとは別の道へ曲がった。

——べちゃ。

足下はまだぬかるんでいた。

「なんだかなあ……先が思いやられるなア……。こっちこそ、あいつらに関わらない方がよさそうだ。ハックショイ！　くそくばんめい！」

第三話　月下の花

一

雨も降っていないのに、みるみるうちに増水してきた。

不思議なもので、川底が持ち上がったかのように、急に水面が高くなると、得体の知れない恐怖すら湧《わ》いてくる。

「ご浪人さん。今日は渡れませんよ」

船着場で船頭が、川船の艫綱《ともづな》を杭《くい》にしっかりと結びながら声をかけてきた。茫然《ぼうぜん》と立っている天下泰平のことを、気の毒に思ったのであろうか、川止めになれば宿屋も少しは安くなるからと教えてくれた。

相模川の河畔《かはん》から十間（一八メートル）程離れた小高い所に、『馬入《ばにゅう》』という暖簾《のれん》がかかっている旅籠《はたご》があった。その名は甲斐国《かいのくに》から桂川《かつら》を経て相模川となる下流、東海道の通り道あたりが馬入川と呼ばれることに由来するという。

その昔は鮎《あゆ》川と呼ばれるほど流れが速く、人馬が流されたので、浮き橋を造っていたが何度も破壊されるほどの難所だった。源頼朝もここで落馬し、それが原因で死んだとも伝えられている。

馬入の渡しは、ふだん四十間余りだが、増水すると八十間を越える。よって、深さが五尺（一・五メートル）増すと川止めとなる。

川の両岸に位置する須賀《すか》村と柳島《やなぎしま》村は、江戸への湊《みなと》があり、近在の村々の年貢米や特産物が集まって栄えていた。川を渡ればすぐ平塚宿であり、すぐに町並みが続いているので、対岸からでもその繁華な様子が分かるが、今日は曇《くも》り空のせいか、心なしか寂《さび》れて見えた。

「ごめん。今宵《こよい》の宿を頼む」

まだ日は高いが、急ぐ旅ではない。泰平は一風呂浴びて、寝ころんで酒でも飲むかと思ったが、出てきた宿の番頭は、

「申し訳ありません。あいにく客間は一杯でございまして……」

「空いてないのか」

「本当に申し訳ございません」

「参ったな……炭小屋の片隅でも構わないのだがな」

「川止めですのでねえ、相部屋もぎっしりでして、廊下や離れの軒下などにも、布団《ふとん》を敷くような有様でして。どうか、他をあたり下さいまし」

「さようか。ならば、やむを得ぬな。邪魔した」

藤沢宿の方に向かえば、まだ何軒かある。引き返すしかないと暖簾を分けて出ようとしたとき、玄関の中から声がかかった。

「旦那！　天下泰平の旦那！」

振り返ると、文左がにこにこ笑いながら立っている。

「おう、文左か。まだ、この辺りをぶらついていたか」

「会った早々、お言葉ですねえ。見たところ寝床に困っているようやけど、宿の者に話をつけて差し上げましょうか？」

「それは有り難《あ　がた》いが、部屋はもうないと」

「客室はなくとも、仲居や布団部屋はあるでしょう。それに、宿の女将《おかみ》や主人の寝所だって。ねえ、番頭さん。あんたの部屋だって、客が入ってるわけじゃないやろ？」

「え、まあ……」

「こういう次第やから相身互《あいみたが》い。ここで恩を売ってたら、後で得しますぜ。なんたって、このお方は八州廻り様ですから」

「ええ!?」

と驚く番頭に、泰平は冗談だとすぐに言ったが、文左は小判一枚を握らせた。番頭はにっこりと受け取って、すぐに袖《そで》の中に仕舞うと、

「ささ。こちらへ、こちらへ。二階の客室は一杯ですが、どうぞ。よろしければ、文左さんも移って貰って結構ですよ」

一階の厨房《ちゆうぼう》の奥にある部屋に案内した。番頭がふだん使っている所だという。

「へえ。好きなだけ、好きなように使って下さい。はい」

旅籠代はおおむね二百文から三百文で、朝夕二食がついている。大工の手取りが一日、二百五十文くらいだから、結構な値だが、木賃《きちん》宿になれば、五十文以下で済む。もっとも木賃宿は自炊が原則となるので、素泊まりだけならば、安く済む。だから、一両渡すというのは、二十日分の代金ということになる。

「そんな大金、どこから手に入れたのだ。またぞろ、人の喧嘩《けんか》を賭《か》け事に使ったか」

泰平が訝《いぶか》って尋ねると、文左はケラケラ笑って、

「旦那……あまりにもケツの穴が小さくありませんか。俺たちは、あの絵図面を持っているんですぜ。まずは、ドンと先に金を惜しみなく賭けねば」

先行投資せよと言っているのだ。

「何かあてがあるのか」

「ありもあり、大ありでさあ」

実に楽しそうに笑って、あの後、絵図面を元にある仏像を探したら、藤沢宿外れの

鵠沼《くげぬま》村と辻堂《つじどう》村にある古刹《こさつ》で実際に掘り当て、すぐさま藤沢宿に戻って、骨董屋に三十両ばかりで売りつけてきたという。

「あれでも、まともに捌《さば》けば、きっと百両や二百両にはなる逸品でっせ」

「おまえ……そりゃ盗み掘りもいいところだ。見つかれば、獄門だ。賭け事は遠島《えんとう》だしな、とんでもない奴だな」

「冗談を。俺は誰もが忘れていたもの……つまり誰もが値打ちを知らないものを、この手で探し出して、金に換えただけやないですか。金山を掘り当てたからって、泥棒にされたらかないまへんがな」

「屁理屈《へりくつ》をこくな。おまえは泥棒だ」

「じゃ、その泥棒の金のお陰で、寝床が得られたのは何処《どこ》の誰兵衛《だれべえ》ですかね」

「俺を徒党に巻き込む気か。まったく、おまえって奴は、どうしようもない極道だな。親に勘当されるのは当たり前だ」

「あ、そうですか。だったら、もう何も言いません。一両、返して貰うから出て行って下さい。なんだよもう、せっかく大山《おおやま》の秘宝を山分けしようと思ったのに」

「大山の秘宝？」

泰平はあっさりと食いついた。

「ええ。そうですよ。だから、俺はこの宿に長逗留《とうりゅう》して、探りを入れようかなと思ってたところなんや。川止めなんか関わりない」

相模の国といえば、鎌倉が信仰の中心になっている。有名な古刹《こさつ》が法灯を守り続けており、富岡《とみおか》八幡宮もあって、参拝者は目白押しである。だが、忘れてならないのが、大山信仰である。

この山は、古来、〝雨降り山〟という異名があるほど、恵みをもたらす霊山として、崇《あが》め祀《まつ》られていた。家内安全、商売繁盛という現世利益《りやく》もさることながら、修験《しゅげん》霊山であることから、人々から深い崇敬を得ていたのだ。

江戸でも伊勢《いせ》参りと大山参りは盛んだったが、華美禁止令で制限されたほどである。それほど、人々は熱狂し、入山が許された〝盆山《ぼんやま》〟の時期は、どっと人々が押し寄せてきた。むろん、今はまだ梅雨《つゆ》時であるから、木太刀《きだち》や神酒枠《みきわく》を担いだ参拝者の姿はない。

「そこに、どのような秘宝が眠っているというのだ」

泰平が興味深げに尋ねると、文左は例の絵図面を指しながら、

「良弁《ろうべん》という僧正が天平 勝宝《てんぴょうしょうほう》年間（七四九〜七五七年）に開いたんでっせ。山頂の阿夫利《あふり》神社は『延喜式神名帳《えんぎしきじんみょうちょう》』にその名が出ているところで、ここには宝刀はもと

より、様々な神器が秘匿《ひとく》されてるとか」

「そりゃ当たり前だろう。おまえ、そんなものを盗んだら、それこそ命が幾つあっても足りなくなるぞ。それに、泥棒は相ならぬ」

「旦那……」

「ならぬ、ならぬ。そもそも、俺の絵図面ではないか、返せ」

「嫌ですよ。借金の形ですからねえ。まあ、千両から三十両、引いてあげますわい。残り九百七十両」

「三百両からであろう！」

「いいえ。利子をつけて、千両や」

「めちゃくちゃ言う奴だな。ま、盗み掘りする奴だ。何を言っても無駄か。さような悪辣《あくらつ》なことをする輩《やから》とは思わなかった。商人とはいえ、少々、骨のある正義漢と思っていたがガッカリだ。金輪際《こんりんざい》、縁を切る。御免！」

入ったばかりの部屋だが、泰平は憤懣《ふんまん》やるかたない顔で、足を踏みならして出て行った。去り際、振り返って、

「大山には不動明王《ふどうみようおう》が祀られておる。せいぜい、怒りの鉄拳でも食らうのだな」

と吐き捨てた。

「旦那……まったく、人の話は最後まで聞くものやで。アホたれ」

座り込んだ文左は、苛立《いらだ》った様子で番頭を呼びつけ、名産の鮎焼きや鮎の佃煮《つくだに》を持ってこさせて、酒を浴びるように飲みはじめた。

二

泰平は野宿を覚悟して、どこぞの寺の境内《けいだい》に潜り込もうと竹林の道を歩いていると、薄暗くなった道端で腹を押さえている女がいた。

一緒にいる男が、心配そうに背中を撫《な》でている。

「大丈夫か……そんなに痛いのか……もう少しだから、頑張れ……」

「痛い……痛い……」

さしこみがきつそうだ。泰平は歩み寄って、

「腹の具合が悪いのか。ちょっと見せてみなさい」

と声をかけた。

ふたりともまだ若く、着の身着のまま何処かから逃げてきたような雰囲気《ふんいき》だった。

男の方は顔に殴《なぐ》られた痕《あと》があり、足も切り株か何かで怪我《けが》をしている。女の方も着物

が泥だらけで、化粧っけもなかった。

「さしこみに効く薬だ。飲みなさい」

印籠《いんろう》から小さな丸薬を出して、女の口に含ませようとすると、若者はいきなり、その手を叩いた。

「騙《だま》されちゃならねえッ」

「どうした」

「あんた……奴らの用心棒か何かだろう……お、俺たちを追って、連れ戻しにきたんじゃないのか、えッ」

嚙《か》みつくように言う若者の目は、激しく怯《おび》えているようだった。

「俺は天下泰平という素浪人。川止めで泊まる宿がなくて、ぶらついていただけだ」

「本当か……」

「ああ。それより、早くきちんと処置しないと後で困ることになる。さあ」

泰平はもう一度、丸薬を取り出して娘の口に含ませてから、背中を向けた。

「さあ、おぶってやろう」

「え……」

「遠慮はいらぬ。若造の方は足を怪我をしているから大変であろう。さあ」

男は困惑したように見ていたが、女が苦しそうなので、

「では、申し訳ありませんが……」

「うむ。若い者は素直に人の親切を受けるものだ」

女の方も侍に背負って貰うなんて恐縮だと小さな声で詫《わ》びながら、背中に凭《もた》れてきた。痩《や》せて軽かった。苦労をしてきたことが分かった。

男の実家に行く途中だという。道々、ふたりの名は、檜吉《ひのきち》となずなであることが分かった。

半刻（一時間）程歩いたであろうか、天正寺《てんしょうじ》という小さな山寺があり、侘《わび》しいくらい僅《わず》かな戸数の門前町があった。この寺は、藤沢宿の大鋸《だいぎり》町にある時宗総《じしゅう》本山遊《ゆ》行寺《ぎょうじ》の分院にあたり、大工や金工、織物、挿物《さしもの》などの職人が居住しており、大久保《おおくぼ》町にある藤沢御殿の支配を受けていた。

藤沢御殿とは徳川家康が作った宿殿で、代官所も付随していたが、すでになくなっている。だが、本陣となってからも、この門前町は徳川家の直轄地として、さまざまな特権があり守られていた。ゆえに、人の出入りは少なく、代々、暮らし続けている者が多かった。

その門前町の外れに、初夏の草花が咲き乱れている庭を擁《よう》した瀟洒《しょうしゃ》な一軒家が、

月明かりにぽっかり浮かんでいた。決して広くはないが、眺めているだけで落ち着く風情に満ちていた。

「――ここです。どうぞ」

檜吉は、垣根の中まで泰平を案内した。

縁側の障子《しょうじ》戸は開けられており、その中では、背を丸めた白髪《しらが》の老人が、行灯《あんどん》明かりの前で木工細工を作っているようだった。

なずなの腹も少しは落ち着いたようで、泰平が下ろすと、改めて深々と頭を下げて、

「お世話になりました。本当に申し訳ありませんでした」

「なに、礼には及ばぬ。では、これで……」

踵《きびす》を返す泰平に、檜吉は声をかけた。

「待って下さい、ご浪人様。もうこんなに暗くなってるんだ。どうか、うちに泊まっていって下さい」

「いや、しかし……」

「それこそ遠慮なさらずに。助けて戴いた御礼といっては何ですが、さあ、どうぞ」

丁寧な物腰で、檜吉は招いた。そして、縁側まで近づくと、

「親父《おやじ》……ただいま……帰ってきたよ」

老人は耳が遠いのか、細工に没頭しているのか、檜吉の方を見ようともしなかった。

「そうつれなくするなよ。一年ぶりじゃねえか」

「…………」

「旅の途中で出会ったご浪人さんだ。離れに泊まらせて貰うよ……さっき、連れの女がさしこみで苦しんでるときに、助けてくれたんだ。だからよ」

連れの女という言葉が引っかかったのか、老人は前庭の方を見やった。

なずなはコクリと頭を下げて、

「お初にお目にかかります。平塚宿では、檜吉さんにお世話になっておりました。よろしくお願い致します」

「…………」

「あ、なずなと申します」

「なずな……」

父親は小さく呟《つぶや》いて繰り返しただけで、木工細工から目を離そうとはしなかった。

「親父……」

何か言いかけたが、檜吉は言葉を飲み込んで、

「まあ、いいや。明日ゆっくり話すから、とにかく邪魔するぜ」

と泰平となずなを手招きした。檜吉が玄関に回って入っても、父親は無視するように何も言わなかった。

「狭苦しい所だけど、我慢して下せえ。あ、酒くらいあると思うから……なずな、厨《くりや》に何かあるだろうから、適当に何か見繕《みつくろ》って作ってくれ」

檜吉が命じると、なずなは素直に応じたが、泰平はかえって恐縮した。

離れ部屋は綺麗に掃き清められており、いつ誰が訪ねて来てもよいように、日なたの匂いのする布団や枕、衣桁《いこう》や行李《こうり》などが揃っており、文机《ふづくえ》まであった。

「まるで旅籠のようだな」

泰平がそう言うと、檜吉は少し微笑《ほほえ》みながら、

「親父は……杢兵衛《もくべえ》ってんですがね、今は箱から簞笥《たんす》、それに寄せ木細工など木工を生業《なりわい》にしてますが、昔は、〝御師《おし》〟として過ごしておりました」

「御師？」

「ご存じないですか」

「伊勢講などで、旅の案内をする……」

「ええ。でも、伊勢神宮に連れて行く御師の中には、騙《かた》り紛《まが》いの怪しい者も随分おりますが、大山ではきちんと修行をした者がなります。〝清僧〟というのは山に残り、俗人とか山伏となって山を下った者が、〝御師〟として、檀那《だんな》を集めて大山参拝を勧め、山を案内するのです。もちろん、宿坊などを営む人もおります」

「ほう……」

「まあ、御利益のあるような目出度《めでた》い仕事ですが、親父は一度、大怪我をして足が不自由になったものですから、手慰《てなぐさ》みにやっていた木工を仕事にしたのです」

職人が集まるこの門前町で檀那の世話になって、暮らしを営んできたという。檜吉が物心ついた頃は、もうここで暮らしていた。

父親は自分を継いで、木工細工師になって貰いたかったようだが、生来、不器用だったから全く向いていないと、檜吉は言った。

「ほんと、ぶきっちょなんですよ、この人は……」

と言いながら、なずなは大根と里芋の煮付けや小魚の干物、おひたしなどを運んできて、冷や酒を徳利に注いできた。

「よいのか？」

泰平が心配そうに訊くと、檜吉は笑いながら、

「親父は昔から、こうして総菜なんかを自分で作るのも好きでね。おふくろを早くに亡くしたから、もう玄人《くろうと》はだしで」

「そうだったのか……」

行灯のついている母屋《おもや》を見やると、コンコンと木槌《きづち》を打っている杢兵衛の背中が見えた。どことなく寂しそうに感じるのは、久しぶりに帰ってきた息子との仲が、尋常ではないくらい冷えているからであろうか。泰平にはそう感じられた。

「親父さんと一献《いっこん》、傾けたいが……」

「よして下さいよ、旦那。ああして、何かしているときは、いつも無口なんです。明日になれば、少しくらいは喋るでしょう。もっとも、元々、口数は少ない人ですがね。ささ、袖振り合うも他生《たしょう》の縁と申します。どうぞ、一杯」

何が楽しいのか檜吉は、にこにこしながら、泰平に杯《さかずき》を手渡した。

「ああ、すまぬな」

「パッとやりましょう、パッと」

なずなという女の方も、ほっと安心したように穏やかな笑みで、しんしんと深まる月夜を楽しむように、一緒に杯を酌《く》み交わすのだった。

三

平塚宿に程近い、街道筋にある『梵天一家《ぼんてんいっか》』の座敷に、用心棒然としてふんぞり返っている〝槍の河田〟こと、河田正一郎の前には、ずらりと酒膳が並んでおり、野暮《やぼ》ったい芸者が酌をしていた。

もっとも、下戸《げこ》同然の正一郎は口に含みもせずに、芸者に戻してやるだけだった。

「また雨か……降ったりやんだり、忙しいことだな」

正一郎が誰にともなく言うと、傍《かたわ》らで控えていた子分衆のひとりが、

「まったくで。これじゃ、あっしらの稼ぎはオジャンですよ」

やくざは古来、博徒《ばくと》とテキヤに分かれるが、『梵天一家』は後者にあたり、相模の東海道のあちこちの縁日を束ねていた。それが、近頃はタチの悪い博徒が増えて、堅気《かたぎ》衆を困らせている。やくざ同士の喧嘩の数も増え、怪我人が減らないから、食い詰め浪人を用心棒として雇っている一家も多かった。

正一郎は用心棒にありがちな、一日中ぐうたら寝ていて、喧嘩になればのっそりと起き上がって刀で脅《おど》すということはしない。暇があれば学問をし、剣術や槍術を磨《みが》い

ている。それが、

――仕官探し。

のために、己《おのれ》に課していることだと、見せかけるためである。

もっとも、たとえ相手がやくざ者でも、一宿一飯の恩義は果たさねばなるまい。だが、善悪の区別を重んずる。よって、何処にでも居候《いそうろう》するわけではない。雇われるときに、きちんと話を聞いて、敵対する一家がある場合、どちらに理があるか、まずは判断するつもりであった。それゆえ、もし、後で納得できないことが起こったときには、

――裏切り御免。

で金を返すことを、予《あらかじ》め言っておいたのである。しかし、これで、はいそうですかと治まることは少なく、結局は得意の槍を使うこともしばしばあった。

「体がなまっていかん。雨の中でもよいから、稽古でもするか」

と正一郎が若い衆に声をかけると、

「いいえ。とんでもございません。旦那の腕前は重々、承知してやす」

「だから、鍛《きた》えてやろうってんだ」

「あ、いや。あっしは旦那のおもてなしを、親分に命じられているだけでして……」

「槍の稽古の相手をするのも、もてなしではないのか。鍛錬《たんれん》すれば、おまえももっと強くなるぞ」

「あっしらは、こっちが肝心でして」

度胸が肝心だとばかりに、ポンと心の臓あたりを叩いた。

「力があっての度胸であろう」

「本当に、あっしは……」

若い衆が尻込みをしていると、ドヤドヤと騒がしい足音がした。

「親分……済みません。見失いやした」

龍吉《りゅうきち》という一の子分が、そう報せにきたのだった。

「見失っただと？」

母屋の箱火鉢の前で、煙管を銜《くわ》えていた恰幅《かっぷく》のよい梵天一家の親分・松五郎《まつごろう》は、苦々しく分厚い唇を歪《ゆが》めた。

「行方《ゆくえ》は分からねえのか」

「へえ。しかも、この雨のせいで川止めになりやして……檜吉のやろう、恐らく藤沢の方へ渡ったんだと思いやす」

「だからって、おめおめと戻ってきたのか」

「虎次郎《とらじろう》が、追いかけてますが……」

「どうせ、親父の所へ逃げ帰ったンだろうよ。さっさと探し出せ。見つけ出して、きちんと始末をつけねえと、それこそ大戦《おおいくさ》になっちまうじゃねえか。俺としちゃ、奴らとは面倒を起こしたくねんだよ」

「へえ。よく分かっておりやす」

困ったように龍吉が頭を下げたとき、中庭越しに、正一郎が声をかけた。

「松五郎親分。何か厄介なことでも起こったのかい」

「へえ……でも、先生に出向いて貰うまでもありやせん。その折は、きちんとお願いいたしますので、どうかくつろいでいて下さい」

「構わぬ。話してみろ」

「ですが……」

「何かよい智恵が浮かぶやもしれぬぞ」

正一郎がゆさぶるように言うと、本心ではよほど困っているのであろう、松五郎は子分たちを下がらせてから、

「実はですね……うちには、檜吉という若いのがいるんですが、ええ、仕事はきちんと出来る奴で、稼ぎもいいから、可愛《かわい》がってやってたんですがね、とんでもねえ間違

いを起こしちまって」

「間違い？」

「へえ。事もあろうに、檜吉は平塚宿の宿場女郎を連れて逃げやがったんです」

「逃げた……」

「年季の明けてない女を、身請《みう》けするならまだしも……惚《ほ》れたのなら、俺に一言でも言えば、なんとか手を打てたものだが、逃げたとあっちゃ、もう向こうには顔向けができねえ」

「向こう、とは？」

「博徒の菩薩《ぼさつ》一家ですよ。平塚の宿場女郎も、そいつがすべて扱ってやすからね、うちの若い衆がそんなことをしたと分かったら、大事《おおごと》ですよ。お互い、血が流れることになる」

「相手にはまだバレてないのか」

「……檜吉が入り浸っていたのは承知してますからね、勘づいていないわけがない。だから、相手が見つけ出す前に、こっちが探し出して、どうにか始末したいんで」

「始末、な……まさか殺す気じゃあるまいな」

探るように見据えた正一郎に、松五郎は首を振って、

「冗談じゃありやせんよ。あいつは、なかなか出来のいい奴ですからね、これからもうちで働いて貰いてえ。そのためには、菩薩一家が手を出さねえようにしたいだけで」

「ふむ。たしかに面倒だな……ま、俺の出番がないように頼むぜ、おい」

正一郎はゆっくり立ち上がると、思わず松五郎は止めるように乗り出し、

「先生、どちらへ」

「少しばかり外を歩いてくる。ずっと部屋にこもってばかりじゃ、血の巡りが悪くなるのでな……傘を借りるぞ」

「宿場町には、あまり近づかない方がいいですよ」

「なぜだ？」

「うちで用心棒を雇ったことは、菩薩一家の方も知ってます。ですので、下手に動くと先生が狙われるかもしれませんのでね」

「望むところだ」

「え？」

「近頃、誰かをぶっ刺したくて、うずうずしていたのでな」

不敵な笑みを浮かべると、正一郎は番傘を手にして表通りに出て行った。

四

翌朝は、目が冴《さ》えるほどの朝日が門前町を照らし、残っている軒の雨水をきらきらと光らせていた。

泰平は、一晩、世話になった礼を杢兵衛に述べたが、相変わらず無口のままだった。よほどの人間嫌いなのか、それとも息子のことで許せぬ何かがあるのか、不機嫌に眉間《みけん》に皺《しわ》を寄せて、黙々と細工物を作っているだけであった。

「ゆうべ、息子さんから少し話を聞いたよ、親父さん。あんたの仕事を継がず、香具師《やし》の真似事をしているそうだな」

香具師とは、的屋《まとや》とか三寸《さんずん》とも呼ばれる露天商《ろてんしょう》のことである。的屋はテキヤの語原となり、三寸とは売り台の高さが由来だが、軒先三寸とか舌先三寸からきたとも言われる。

「余計なことかもしれぬが、子供というものは、どのみち、親の思い通りにはならぬものだ。あのふたりを認めてやったらどうだね」

「…………」

「初めて連れて帰った女に、きちんと会ってやってはどうかな」

「…………」

「家に帰って来て、一緒に暮らしたいと言っているのだ。手がぶきっちょらしいが、生き方も器用ではなさそうだ。しかし、情け深くて、いい息子ではないか」

杢兵衛は素知らぬ顔で、細工を続けながら、

「そろそろ、川止めは解けたはずだ」

「…………」

「倅《せがれ》が帰って来るのは、金の無心をするときだけだ。明日にはいなくなるから、お武家さんの心配はご無用です」

「そうか……世話になった」

離れの方を振り返ると、すっかり日が高いというのに、檜吉となずなは、ひとつの布団にくるまって、まだ寝ている。

——ふう。

と溜息をついて、泰平はもう一度、杢兵衛に礼を言ってから、垣根から外へ出て、おもむろに歩き出した。なんとなく後ろ髪を引かれるのは、出会った親子があまり幸せそうに見えなかったからだ。

　とはいえ、自分が何かできるわけでもあるまい。そう思い直して、東海道の方へ向かっていると、数人の着流しのならず者が裾《すそ》を捲《まく》って、血相を変えて走っているのに出くわした。

「いたか」「いねえッ」「向こうじゃねえか」「いや、あっちだろう」「とにかく、足取りは摑《つか》めた」「ああ」「おめえたちは、親父の所へ廻れ」「檜吉のやろう」

などという言葉の断片が、泰平の耳に入っては消えた。だが、最後の檜吉という声だけは、はっきりと鼓膜《こまく》に響いた。振り返れば、あまり柄のよくない連中ばかりである。

　嫌な予感がした泰平は、思わず来た道を戻りはじめた。

　案の定、ならず者風の三人が杢兵衛の家の前に来て、しばらく中の様子を見ていたが、垣根を越えて草花を踏み荒らしながら入り、

「爺《じい》さん。たしか、杢兵衛さんだったかな……倅の檜吉は帰って来てねえかい」

と兄貴分らしいのが尋ねた。

　それに気づいた檜吉となずなはすでに、何処かに身を隠したのか、姿が見えない。

　杢兵衛はちらりと招かれざる客を見やったものの、黙ったまま作業を続けた。

「聞こえてるんだろう。隠すとためにならねえぜ。俺は、梵天一家の虎次郎って者

だ。名くらい耳にしたことはあるだろう」

「…………」

「おい。てめえの息子を一人前にしてやったのは、何処の誰だと思ってやがるんだ。うちの松五郎親分だってこと、忘れたんじゃあるめえな」

「…………」

「耳かっぽじってよく聞けよ。てめえの息子が地回りと喧嘩して、半殺しの目に遭ったのを助けてやったのは、うちの親分だ。その上で、一端《いっぱし》の香具師にしてやったんじゃねえか。その恩を仇《あだ》で返すとは、どういう了見だ」

杢兵衛はやはり素知らぬ顔で、木材に鑿《のみ》やヤスリをかけて丹念に作っている。そんな態度が頭にきたのか、虎次郎は縁側に猫のように跳ね上がると、目の前の細工物を乱暴に蹴散らして、

「何とか言ったらどうでえッ。こちとら遊びに来てンじゃねえんだ、おう！」

ばらばらになった箱細工を踏みつけて、バキッと壊したが、杢兵衛は何も言わず、それを掻《か》き集めた。これらは、御師に渡して、参拝客に配ったり、神事に使うものである。桜やミズキ、タモなどの中から古木を厳選して組み立てるから、材料代もバカにならない。何より貴重な材木を、木屑《きくず》のように扱うことが許せなかった。

それでも、杢兵衛はじっと我慢をして、拾い集めると、使えるものとそうでないものを分別しながら、仕事を続けようとした。

「檜吉はな、事もあろうに宿場女郎を連れて逃げたンだ！　足抜けさせて、只《ただ》で済むと思うのか⁉　分かってるのか、え！」

女郎の足抜けを手伝えば、殺されても仕方がない。公になれば、女郎を雇っている側にお上からお咎《とが》めがくるからだ。人身売買は御法度《ごはっと》とはいえ、女郎も表向きは年季奉公となっている。三年が決まりだが、近頃は十年というのも認められている。

「それを束ねてる平塚の『菩薩一家』の者が躍起になって探してるんだ。奴らはその名とは大違い。うちの親分みてえに優しくねえぞ。問答無用で、ぶち殺す。だから、その前に俺たちが……」

「知らねえ。帰ってくれ」

杢兵衛はぽつりと言った。

「──ふざけやがって」

虎次郎が杢兵衛の胸ぐらを摑んだとき、

「よさないか」

と泰平が声をかけた。

「親父さんの言うとおり、ここには息子なんぞいない。俺は昨夜、泊めて貰ったが、親父さんの他は誰もいなかった」

「おまえさん、さっき……」

何処かですれ違った浪人だと、虎次郎は覚えていたようだった。

「息子とやらを探すのなら他を当たった方がいい。ここにいても、時の無駄だ」

「なんだと？　サンピン。こちとら、出鱈目《でたらめ》で動いてるンじゃねえ。聞き歩いて、探し当てたんだ……ハハン」

思い当たる節がある顔になった虎次郎は、値踏みをするように泰平を眺めて、

「てめえだな。女を助けた上に、背負ってここまで運んだって酔狂者《すいきょう》は。言い訳をしても無駄だ。茶店の女や野良仕事をしてた百姓が見てたんだよ」

「さあ、知らぬな。とにかく、おらぬものはおらぬ。親父さんの言うとおり、帰れ。でないと、おまえたちも寄せ木細工のようになるぞ」

「なんだと」

「丹誠込めて作った細工物を足で潰《つぶ》しやがって。そういう輩は好きになれぬのでな」

「しゃらくせえ、てめえ喧嘩売ってンのか！」

「幾らで買ってくれる。俺は千両も借金があるのでな、少しでも返したいのだ」

「やろう！」

虎次郎が縁側から、ひらりと飛んで膝蹴りをしようとしたが、あっさりと泰平に腕で足を払われ、その場にドスンと転落した。そのとき、他の梵天一家の若い衆も駆けつけて、乗り込んで来ようとした。

泰平はキッと振り返ると、両手を広げてならず者たちを押し返し、

「帰った帰った。でないと、本当に寄せ木細工のように骨がバラバラになるぞ」

「ふざけやがって！」

性懲《しょうこ》りもなく虎次郎が匕首《あいくち》を抜き払って突きかかると、軽くかわして手下たちの方へ押しやった。勢いよく弾みがついて、手下のひとりの脇腹に匕首がグサリと刺さった。

「ひえぇッ。痛えよ！」

転げ廻る手下からは血が流れてきた。

「このやろう、やりやがったな！」

さらに突きかかってくる手下たちの腕を掴んで、バキバキと肘《ひじ》を逆折りした。虎次郎は匕首を握り締めたまま立ち竦《すく》んで、

「なんだ、てめえ……！」

「早く手当てしてやらないと、そいつは血がなくなって死んでしまうぞ」

泰平が手下たちを蹴飛ばすと、彼らは血を流した者を両脇に抱えて、一斉に逃げ出した。

どこからともなく、パチパチと手を叩く音がした。泰平が振り返ると、羽織姿の文左が少し離れた地蔵堂の前に立っていた。

「旦那。いつもながら鮮《あざ》やかでんなあ。つくづく感心しますわ」

「文左か……見ていたのなら、手を貸せ」

「貸すまでもないでしょう。戸塚宿で代官と目明かしの銀蔵をぶった斬った、その腕前ですもん」

「つまらぬことを言うな」

「とかなんとか言いながら、旦那も隅に置けませんねえ。この、このう」

「む?」

「惚《とぼ》けたって無駄ですよ。『馬入』から逃げるように発《た》ったのは、このためだったんですね。どこで、仕入れたンです?」

「何の話だ」

ひょいと首を杢兵衛の方に向けた文左は、にんまりと笑って、

「あの爺さんですよ……寄せ木細工師としても、ちょいと知られてるらしいが、元は大山の御師……精進落としをする宿で聞いたんですがね、爺さんがここにずっと居座っているのは、門前町のお宝を守っているからとか」

「お宝……」

「へえ。旦那の大好きなお宝です」

「別に好きではない。ただ……」

「いいから、いいから。とにかく、この門前町の何処かに、目ん玉が飛び出るような大山大聖《だいしょう》不動明王のお宝が眠っている。山の上なんぞ、登らなくていいんです。一万両、いや十万両か……アハハ、わくわくして来ますなあ、天下泰平の旦那」

「知らぬ。俺はそれで来たわけではない」

「またまた……」

笑いながら泰平の脇腹を肘で突く文左の姿を、逃げたはずの虎次郎が、近くの木陰からじっと見ていた。

「大山のお宝……代官と銀蔵親分を斬った、だと……！」

ぶるっと背筋を震わせた虎次郎だが、しだいに欲の湧いた目が吊り上がった。

「むふふ……こりゃ、大手柄だ」

五

すっかり晴れ渡った青空の下、平塚新宿の外れにある八幡神社は、縁日に訪れた人々で賑《にぎ》わっていた。近在の村の総鎮守《そうちんじゅ》であり、古くは源頼朝の妻・政子《まさこ》の安産祈願のために神馬《じんめ》が奉納され、徳川家康からも朱印地を寄進された由緒ある神社である。

甘味屋、玩具《おもちゃ》屋、的屋、焼き物屋、煎餅《せんべい》屋、飴《あめ》屋、金魚屋などの出店がずらりと並ぶ境内の一角で、大独楽《おおごま》回しや刀の刃渡り、呑馬術《どんばじゅつ》、品玉や蝶の曲など、大道芸人が鮮やかな芸を披露《ひろう》していた。

「さて、お立ち会い！　手妻《てづま》といえば、出雲のお藤。水芸といえば、出雲のお藤！だけど、今日は機嫌がよいから、ちょいと違うよ。さあ見といで、寄っといで！」

艶《あで》やかで白いうなじや胸元、そして、むっちりとした太股《ふともも》や色っぽくてしなやかな膝が見える衣装を身に付け、お藤は婀娜《あだ》っぽい声で、参拝にきた男衆の目を釘付けにしていた。

「このお藤さんにしかできない蝶の曲……おや、不思議だねえ、折ったばかりの紙の蝶々が風もないのにひらひらと飛んで、あたいのあそこをくすぐるよう……ああ、もうたまんないったらありゃしない」

赤い扇子《せんす》で、白い蝶々を煽《あお》るように舞わせながら、妖《あや》しげにくねくねと揺れる自分の体を這わせる。蝶々が豊かな胸元から、ひらひらと飛び、着物の裾の間から股間に忍び込んで、また出てくる様を見て、

——おおっ……。

と男たちの嘆息が境内に響き渡った。

女房連れの旦那衆は、立ち止まってもすぐに手を引かれて去るが、それでも気になって、ひとりで舞い戻ってくるのが多かった。それほど、お藤の芸は、儚《はかな》げで美しく、切なく哀《あわ》れであり、見る者の胸を熱くさせた。

それを遠目に眺めながら、松五郎は虎次郎の報せを受けていた。

「天下泰平？　そりゃ、人の名か」

「だと思いやす」

虎次郎は、天下泰平がとにかく凄腕で、喧嘩には自信のある自分たちを赤子のように扱ったと、ありのままに話した。

「そいつが、代官を殺したというのか」

「へい……」

「たしかに、代官の小林幸太夫様と二足の草鞋《わらじ》の銀蔵親分が何者かに叩き斬られたことは、街道中の噂《うわさ》だ。しかし、どういうわけか、お上からお尋ね者となっていない」

「妙ですよね」

「何処の誰兵衛がやったか、はっきり分からないせいかな……あるいは、密《ひそ》かに探索してるのかもしれねえが、虎……」

松五郎の目が小狡《こずる》そうに細くなった。

「おまえの言うとおり、そいつをふん縛って代官陣屋に届ければ、こっちのお株が上がって、十手を貰えるかもしれねえ」

「そうなりゃ、菩薩一家にもデカい顔をされなくて済みやす」

「だな」

「それだけじゃありやせん。もうひとつ、旨味《うまみ》のある話が……」

虎次郎は松五郎の耳元で、天正寺の門前町に、莫大な値打ちのあるお宝が隠されていることを話した。目をぎらつかせる松五郎に、虎次郎は追い打ちをかけるように、

「あっしの勘ですがね、おそらく檜吉の親父はその在処《ありか》を知ってやす。御師にしか分からない何かを、あいつは隠していて、そのお宝の番人として、あの門前町に居着いている……そうに違いありやせん」

「確かか」

「へえ。あの爺さんはかつて、御師の中でも、一番か二番に尊敬され、大山の大僧正が何かを付託したという噂もあると聞きつけやした。ですから……」

「よし、分かった」

松五郎は色々なことを頭の中で弾いたのであろう。すぐさま、龍吉とともに、その門前町を荒らして、一気に支配下にしてしまえと命じた。

「いいんですかい？」

「あの門前町は朱印地だったから、裏を仕切っている顔役なんぞいねえ。それに代官が殺され、あの銀蔵親分までいなくなったとなりゃ、恐いものなしだ。だろうが」

「へいッ。承知しやした」

ニンマリと不気味に笑った虎次郎は、裾をめくると素早く立ち去った。

お藤の芸に目を戻した松五郎の目には、情欲の色が広がり、口元から溢れでてくる涎《よだれ》をそれとなく拭いた。

「たまらねえなあ……」

人垣の向こうを見やると、真っ白な羽織に白ずくめの着物姿で、菩薩一家の鶴政《つるまさ》親分が数人の子分を連れて、お藤を眺めていた。お上から、鶴の文字を使うなとお触れ

があっても、

——そんなのは関わりねえ。親がつけた名だ。

と堂々と使っている。恐い者知らずで、たとえ武家の女房でも、気に入ったら、屋敷に連れ込んで犯してしまう男だ。

「てめえになんざ、お藤の体を舐《な》めさせてたまるもんか」

松五郎は目を細めて、吐き出すように呟いた。

梵天一家の敷居を、お藤が跨《また》いだのは、その夜のことだった。

奥に通されたお藤は、数人の子分衆に囲まれて、機嫌よさそうに酒を飲んでいる松五郎を見て、丁重に頭を下げた。

「梵天の親分さん。此度《こたび》は、八幡神社にて興行を打たせていただき、本当にありがとうございました。ご挨拶が後になって申し訳ありません」

「なに、うちの者が承知してたのだから、恐縮することはねえ。さあ、こちらへ来て、まずは杯を受けてくれ」

「これは、ご丁寧にどうも」

お藤はずるっと着物の裾を引きずるように、松五郎に近寄った。松五郎はちらりと

見えた襦袢《じゅばん》の鮮やかな色に思わず生唾《なまつば》を飲んで、

「お藤さん……あんた、何処の出だい」

「生まれですか？」

杯を受けるやグィと飲んで、お藤は返杯をした。

「おっと、ありがとよ。出雲のお藤っていうくらいだから、そうなのかと思ってな」

「さあ、何処で生まれたのか分からないんですよ。物心ついたときには、旅芸人一家に入ってて、曲芸だの手妻だの色々なことをやらされてましたからねえ」

「じゃ、本当の親御さんも分からねえのか」

「ええ。一座の座頭とその奥さんが、育ての親です。厳しかったけれど、その分、愛情も注いでくれました」

「そうかい……辛い思いをしたんだろうな」

「そうでもありませんよ。生まれついて、人前で芸をするのは好きですから。集まったお客さんが、わあって手を叩いて、吃驚《びっくり》したり笑ったりしてくれるのが一番の幸せで、励みにもなります」

「いじらしいことを言うじゃねえか……おまえさんみたいな娘がいりゃ、俺も幸せだったかもしれねえな」

「もしかして、本物の親は松五郎親分だったりして、うふふ」

シナを作って酒を酌み交わすお藤の桃色に染まった顔を、松五郎は実に嬉しそうに眺めていた。ほろ酔いになった頃、

「おい。てめえら……」

と声をかけると、子分たちはさりげなく去って、三つもあった行灯の明かりを、ひとつだけ残して消した。途端、影が大きく揺らめいて、何となく妖《あや》しい雰囲気になった。

「——俺はよ、お藤……おまえさんを一生、面倒見てもいいと思ってる」

「あら、本当ですか？」

「本気だともさ。おまえほどのいい女、めったにいねえ。いや、一生、探しても見つからないかもしれねえ。どうだ、俺の女にならねえか」

「どうしよう……」

困ったように唇をすぼめ、杯の酒を吸った。

「誰か、心に決めた人でもいるのかい」

「そうじゃありませんよう。情夫《おとこ》なんていません。ただ……」

「ただ？」

「菩薩一家の鶴政親分に、女房になってくれないかって」

「なんだと？　奴には姉さん女房がいるはずだが……それで何て答えたんだい」

「お断りはしましたけどね、女房と別れるってきかないんですよ。で、ポンと百両」

「金で釣《つ》ろうってのかい。ふん、汚《きたね》えやり方だが、奴のやりそうなこった。だが、そうと分かれば、俺も黙って指をくわえて見てるわけにはいかねえ。俺は二百両出すから、その金、突っ返してくれ」

「親分さん……」

「足りねえなら、幾らでもやる。どうせ、お宝がたんまり入るンだ」

「お宝？」

きょとんと見やったお藤に、松五郎は何でもないと言って、抑えきれなくなったように抱きついた。貪《むさぼ》るように押し倒すと、着物の裾からごつい指を忍ばせた。

「いやですよ、親分さん……娘に手を出していいんですか？」

「勘弁しろ、お藤……俺は、もう……」

「その前に、菩薩一家の親分と決着をつけて下さいな。でないと、私、殺されてしまいます……ねえ、梵天の親分」

「鶴政ごとき……その前に、なあ……」

お藤はなんとか押し戻して、荒い息で言い含めた。

「私がここに来るのを、菩薩一家の若い衆が見張ってました。きっと、すぐにでも大勢で押しかけてくると思います。だから……」

「ええ!?」

ほとんどの子分たちは、相模川の向こうに渡って、檜吉の実家のある門前町の方へ行っている。その留守に押しかけて来られれば、ひとたまりもない。

「だったら、親分……先手に限るでしょ。なんなら、私が手引きしますよ」

「それには及ばねえ。先手か……お藤、おまえはここで待ってな。こっちには、凄腕がいるんだよ」

すぐさま立ち上がると、残っているだけの子分を引き連れて、

──夜討ちをかけるぞ。

と、すぐさま出入りの仕度を始めた。

「先生！　頼みますぜ！」

声を上げた途端、離れから、正一郎が槍を抱えて現れた。

「あっ……」

きょとんと見やったお藤を、真剣なまなざしで睨《にら》みつけた正一郎は、

「先に行ってな。すぐに追いかける」

そう言って、松五郎を促《うなが》した。そして、おもむろに、お藤に近づくと、

「女……おまえ、何を考えてる」

「さあ、何かしら……それより、旦那とも縁があるんだねえ」

「ふたつの一家に喧嘩をさせるのが狙いだとしたら、渡りに船だ。礼を言わねばな」

薄笑いを浮かべると、正一郎はブンと槍を一振りして、松五郎たちを追った。

「なんだよ……私は、両方から金を取ろうとしただけなのにさ……あんたこそ、邪魔するんじゃないよッ」

お藤はベェ〜と長い舌を出した。

六

慶長《けいちょう》年間（一五九六〜一六一五年）にできた平塚宿は、後に小田原《おだわら》藩領地になるが、元禄の時世はまだ天領であり、かつて徳川家康が鷹狩りに来た地でもあった。

宿場外れの中原村には、〝雲雀野《ひばりの》御殿〟と呼ばれる陣屋があって、相模国の大部分は、複数の代官によって支配されていた。だが、その広さゆえ、目の届かないところ

は、梵天一家や菩薩一家のような者に、金を与えて見張らせていた。

相州《そうしゅう》街道は江戸に物資を結ぶ要路ゆえ、平塚宿は幾つもの辻灯籠《つじどうろう》が常夜灯となっており、代官役人のみならず、菩薩一家の者がうろついていたのである。

十手こそ預かっていないが、菩薩一家は見廻りの特権をよいことに、宿場内の木賃宿を使って、丁半賭博《とばく》を開いていた。賭場の開帳は、不届きにつき遠島となる。八丈島や伊豆への流刑で済むならましな方で、イカサマを働いたりすれば死罪である。

だが、取り締まる側にいるのだから、八州廻りや公儀目付などが来ない限り、安穏《あんのん》と博打《ばくち》をやっていられた。

その賭場に踏み込んできたのは、役人ではなく梵天の松五郎とその子分たちであった。賭場荒らしには違いないが、胴元として帳場で煙管《きせる》を吹かしていた菩薩の鶴政は、驚いて思わず立ち上がった。

「梵天の……これは何の真似でえ」

博打を楽しんでいた旅の途中の堅気衆を、すぐさま避難させて、鶴政は血相を変えて身構えている松五郎に、

「落ち着け」

と諭《さと》すように言った。しかし、屋敷を出たときから、頭に血が昇っている松五郎

は、長脇差《ながどす》を抜き払っていきなり斬りかかっていった。

だが、盆茣蓙《ぼんござ》に足を取られ、その場に崩《くず》れてしまった。刃は帳場の仕切り格子に突き立ち、抜けなくなった。

途端、一斉に鶴政の子分たちが、わあっと松五郎を取り押さえにかかった。わずかな人数の松五郎の子分たちも、素刃を抜いた鶴政の子分たちに斬りつけられ、中には逃げ出そうとして階段から転げ落ちた者もいた。

「どういう了見だ、梵天の……なんだ、酔っ払ってるようだが、賭場を荒らした上に、俺に斬りかかったとなりゃ、こっちも黙って帰すわけにはいかねえぜ」

「放しやがれ、このやろう！　先生！　お願いしやす、先生！」

必死に叫んだ松五郎だが、正一郎が現れることはなかった。

「せ、先生……」

「ふん。どうやら、頼みの綱の用心棒も恐れをなして逃げたようだな」

鶴政は、子分が押さえている松五郎の背中を踏みつけて、

「宿場女郎を連れて逃げたのは、てめえンとこの若い衆だっていうじゃねえか。おう、女郎を逃がしたり、賭場を荒らしたり、てめえは喧嘩を売ってンだな」

「うるせえッ……てめえになんざ、お藤をやってたまるもんかッ」

「お藤、だと？」

「ひゃ、百両で、てめえの女房にするつもりらしいが、そうは問屋が卸《おろ》さねえぞ」

「百両で……ふふふ……あははは……なるほど、そういうことか梵天の。てめえ、お藤に惚《ほ》れやがったな」

「笑うな、ちくしょう！」

松五郎はバタバタと体を動かしたが、いかに怪力で鳴らした男でも、数人に押さえつけられ、刃物まで突きつけられては、どうにもならなかった。

「頭を冷やせよ、梵天の松五郎親分」

傍らにあった竹筒の飲み水を、頭からあびせかけた。

「ひゃ……何しやがるッ、てめえ」

「これが笑わずにいられるか。もしかして、お藤って女は、おまえにも吹っかけたか、百両なら、囲われてもいいって」

「え……？」

「女房持ちの俺に、あの女、バカ度胸があるのか、そう切り出しやがった。ああ、それくらいの値打ちがあると思ったから、古女房を捨てて、それもいいかとマジでその気にさせられたぜ……梵天の親分も百両出すと言っているから、俺にもそれ以上、出せって」

「嘘だ……」

「本当だともさ。つまりは、両天秤《りょうてんびん》にかけて、金さえ受け取れば、俺たちが揉《も》めている間に、トンズラを決め込もうと考えていたんじゃねえか？」

「そんなはずはない。あの女は、前にも一度、うちに来たことがあって……」

「こっちには、興行ごとに遊びに来ているぜ。なあ、梵天の……どうやら、俺たちは担がれたようだ」

苦笑しながら、松五郎の頬《ほお》を軽く撫でた鶴政は、放してやれと子分たちに言った。

「おまえと俺は古い仲じゃねえか。そっちは香具師稼業、こっちは博徒と、うまいことシマを分け合っているんじゃねえか」

「んだが……」

「聞けば、相模川の向こう、天正寺の門前町には、物凄いお宝があるってえじゃねえか」

「ど、どうして、そのことを？」

「おまえん所のバカが、渡し船の中で大きな声で話してたから、船頭には丸聞こえだ。渡し船の上がりは、うちとそっちで折半だってことを忘れたのかよ」

船番所には、両方の一家の息がかかっている者が詰めていた。

「そうだった……」

がっくりとなる松五郎を、鶴政は慰めるように言った。

「ここんとこは、梵天の……お互い手を組んで、旨い汁を吸おうじゃねえか。ついでに、天下泰平とかいう代官殺しを、とっ捕まえりゃ……」

「それは俺が……」

「何だ？」

「いや。何でもねえ……分かったよ、昔みてえに、一緒にやろうじゃねえか」

「そうこなくちゃな。これが上手《うま》くいきゃ、女郎のひとりやふたり、大目にみようじゃねえか、なあ」

鶴政にポンと肩を叩かれた松五郎は、すっかり酔いが醒《さ》めていた。すると、お藤のことが次第に腹立たしくなってきた。

「それがいけねえんだ、梵天の。あんな女なんぞ捨て置け。てめえの値打ちを下げるだけだぜ。莫大《ばくだい》な金さえ手に入って、八州廻りもびくつくようなもっと凄い力を持ちさえすれば、恐い者なしだ。だろう？」

野心がめらめらと燃える鶴政から見れば、松五郎は借りてきた猫のようだった。

その頃――。

天正寺門前町のあちこちで、火事が起こっていた。誰かが付け火をした疑いがあったが、〝下手人〟探しをしているときではない。村の火消したちが集まって、懸命に火を消していた。

騒ぎに集まってきた、梵天一家の龍吉と虎次郎たちも、

「こりゃ、偉いこった。おう、寺に燃え移ったら大変だ！　てめえら、手分けして火を消すんだ！　急げ、急げえ！」

大声をかけあって、梵天一家の者たちは川から桶《おけ》で水を汲み、次々と手渡しで運んで、鎮火の手伝いをした。町中の人々が出て来て、一緒になって、必死に働いた。

その掛け声は、まるで火祭りのように勇壮で、火の粉が舞う黒い空に轟《とどろ》いた。

やがて、火の手は小さくなり、いつもの静かな夜になった。

翌日、町名主の権兵衛《ごんべえ》の元に、龍吉がひとりで訪れた。

「怪我人がなかったそうで何よりだ」

「いえ、こちらこそ、お世話になりました。梵天一家の方々がいなかったら、今頃、寺や町はどうなっていたか……」

「そんなことはねえ。町中の人々が力を合わせたからこそだ」

龍吉はにっこりと微笑み返すと、権兵衛は数枚の小判を差し出した。

「ありがとうございました。改めて、お礼を申し上げます」

「こんなものは困る。俺たちは、こんなものを貰うために手伝ったんじゃねえよ」

「そうおっしゃらずに、どうぞ……」

「分からない名主様だな。こんな端金《はしたがね》じゃ困るってンだよ」

ガラリと豹変《ひょうへん》した態度に、名主は仰《の》け反《ぞ》りそうになったが、必死に強気で、

「――そ、そうおっしゃると思ってました……あなた方の狙いは、な、何なのです。この門前町のことなら、江戸にいる郡代様が直にご支配してますし、天正寺の本寺である鎌倉の……」

「そんな話は分かってるよ。だからこそ、俺たちが郡代様に成り代わって、面倒を見ようってんじゃねえか」

「困ります……」

「知ってのとおり、梵天一家は代官から平塚宿を任されている」

「ここは平塚ではありません。お帰り下さい。でないと……」

「でないと？」

「………」

「なあ。でないと、どうするんでぇッ」

凄んだ龍吉の目は、とても人間のものとは思えなかった。背筋が凍るどころではなく、心の臓が止まりそうだった。

その時である。

「そんな奴の言うことを聞くことはないよ、名主さん」

前庭から、声がかかった。そこには、杖を突いた杢兵衛が立っていた。

風呂敷に包んだ寄せ木細工を持ってきて、権兵衛に手渡しながら、龍吉の顔をまじまじと見て、

「どうせ、付け火をしたのも、おまえさんたちだろう」

「なんだと？」

「町の中を、あんたの弟分たちが、ぞろぞろ歩き回ってる」

「信心深くなったんだよ」

「うちの倅が悪いのなら、いつでも連れて帰って貰って構わない。煮るなり焼くなり、好きにすればいい」

檜吉が女郎を連れて帰って来たことを、杢兵衛は皆の前で話して、

「あのバカ息子は、おまえさん方にやったと諦《あきら》めている。今更、帰って来られても、こっちも困っているんだ」

「ほう。親なのに冷たい言い草だな」

「息子の方がよほど、冷たかったと思うがな」

「それでも、親の情けってのが、あるもんじゃねえのかい」

「おまえさん方から、人の情けについて説教は受けたくないねえ。さあ、名主さんの言うとおりだ。帰っておくれ。この町は、誰にも渡さないよ」

「町は渡さない……か」

門の方を見ると、泰平の姿が見える。それをちらりと見た龍吉は益々、得体の知れない笑みを浮かべて、

「ま、今日のところは帰ってやらあ。だが、後で泣き言を垂れても知らねえぜ。おっと、折角だから、貰っとこうか」

権兵衛が差し出した小判を摑むと、懐でちゃりんと鳴らして、肩で風を切りながら立ち去った。

「杢兵衛さん……」

「大丈夫。この町は、江戸に幕府が出来る前、鎌倉の幕府の頃から、大山の不動明王

様に守られている所だ。あんなやさぐれどもの言いなりになってなるものですか」

唇を噛みしめて頷いた杢兵衛には、何か深い思いがあるようだった。

七

松五郎が檜吉の実家を訪ねてきたのは、その日の夕暮れ近くになってからだった。

「檜吉！　いるか、檜吉！」

「隠れることたあねえ。菩薩一家の親分とは話をつけてやった。あいつとは古いつきあいだ。今度のことは目をつむるとよ。ああ、女も好きにしていいって言ってる」

隠れていた離れから、そっと顔を見せた檜吉は、

「ほ、本当ですか、親分……」

半信半疑で問い返した。松五郎は逃げ出した子犬でも呼び寄せるように、

「おまえと俺は親子杯を交わした仲じゃねえか。鶴政と俺は兄弟だから、おまえにとっちゃ伯父も同然。もう気にすることたァねえ」

「ありがとうございます、親分……ありがとうございます」

恐怖から解放されたせいか、すうっと涙をこぼしてから、穏やかな表情になった。

「さあ、こっちに来ねえ」

「へえ……」

「俺はおまえのことを買ってるんだ。真面目な上に、兄弟思いだ。龍吉や虎次郎もそう言ってる。いずれは、おまえにも縁日を仕切らせてやるから、頑張れよ」

膝を折って頭を下げた檜吉の肩を抱いて、

「まずは、おまえにこの門前町を預けようと思ってる」

「この町を……?」

「そうともよ。菩薩の親分と手を組んで、しっかりとここを束ねようって話になった。ついちゃ、おまえの故郷《ふるさと》でもあるしな、しっかりと働けよ」

「働けって……」

「やり方はおまえに任せる。一軒一軒参って頼むのもよし、泣き落としをするもよし、刃物をちらつかせて脅すのもよし」

「お、親分……」

「なんでえ、その情けない顔は。故郷に錦《にしき》を飾れるいい折じゃねえか」

戸惑って目を伏せる檜吉の肩を、松五郎はさらに抱き寄せて、

「おめえ……本当は知ってるんだろう?」

「え？」

「お宝のことだよ」

「お宝……」

「ああ。親父さんが一番大切にしてるもの……それは何だい？」

「親父が大切にしてるもの」

「それさえ手に入れれば、この門前町はおまえのものだ。そしたら、いずれは東海道の藤沢宿はもとより、平塚宿、大磯《おおいそ》まで、おまえが仕切るようになるかもしれねえぜ。街道を我が物顔で歩ける。後ろには俺と菩薩の親分がいるんだからな」

檜吉はしばらく何も答えなかったが、ハタと思い出したように、一方を指さした。庭を出たすぐ先に、小さな地蔵堂がある。

「あれが？」

「親父の仕事場から、よく見えるんだ。親父はいつも、丁度、それが見えるように座っていて、しょっちゅう手を合わせてた」

「地蔵堂、か……」

じっと見やる松五郎の目が俄に鈍い光を帯びてきた。

「なるほどな……さすがは息子だ。杢兵衛はあの地蔵堂の番人をしてたのかもしれねえな。ああ、そうに違いあるめえ」

松五郎が顎《あご》でコナすと、垣根の外でぶらついていた龍吉と虎次郎が、すぐさま地蔵堂に向かって歩き出した。その扉を乱暴に開けようとしたとき、

「やめろ！」

と甲高い声が起こって、杢兵衛が家から飛び出してきた。杖をつきながらだが、年寄りにしては、かなりの健脚に見えた。

「なんだ、爺さん。いつも座ってばかりだから、足が悪いかと思ったぜ」

御師をやめたのも足の怪我が原因だが、そのことを松五郎は知らない。

「それほど慌てるとは、やはり地蔵堂にお宝が眠っているンだな。そうだろう」

「ああ、宝だ！　俺の宝に何をする！」

「ケッ。語るに落ちたただ。探せ！」

松五郎が怒鳴ると、龍吉はすぐさま地蔵堂の扉を開けた。

だが——中は、がらんどうになっており、床もない。土間に、たった一本の花のない茎《くき》があるだけだ。

「やめろ！　それに触るな！」

杢兵衛は叫んだが、さらに大きな声で松五郎は探せと命じた。龍吉と虎次郎は手当

たり次第に地蔵堂を壊す勢いで乗り込んで、花のない茎を踏み潰すと、床を掘り始めた。

地蔵堂に近づいて来た杢兵衛を、他の子分たちが取り押さえようとしたとき、杢兵衛は杖を振り回して、相手の頭や胸などを鮮やかに突いて倒した。

「え!?」

と驚いて見やったのは、松五郎だけではなく、檜吉も同じだった。

「やろう!」

子分たちがさらに襲いかかったが、杢兵衛の杖捌《さば》きはまるで剣豪のようで、次々と相手を叩きのめし、眉間や喉や金玉など急所を的確に突いていた。さすが元は御師である。剣術使いなみの修行は身に染みこんでいたのである。

悲痛な声でのたうち廻る子分たちの情けない姿を見て、松五郎は長脇差を抜き払い、

「てめえ!　いい気になりやがって!」

と、いきなり檜吉の首に刃をあてがった。

「おい、杢兵衛!　大人しくしねえと、息子の首が飛ぶぜ!」

はたと動きが止まった杢兵衛は、険《けわ》しい目で振り返ると、松五郎はニンマリと、

「これでも、可愛くねえか……煮るなり焼くなり好きにしろって言ってたが、本当にそうしてやろうか、ええ！」

「……………」

「お宝さえ、俺たちに渡して、門前町の支配をさせれば、命までは取らねえ」

「信じられるか……おまえたちは、散々、あちこちで、意のままにならぬ者を殺してきた。代官は不問にしても、大山の不動明王様はよくご存知だ。おまえたちの悪行をな」

「黙れ、くそ爺ィ。下手に出りゃ、つけあがりやがって……」

松五郎はいきなり檜吉の首にあてがっていた刃を引こうとした。

途端、李兵衛は杖を投げ捨てて、

「ま、待ってくれ……分かった……このとおりだ……」

その場に土下座をして、息子を放してくれと懸命に頼んだ。

「ふん。まだ親の情けは残っていたか」

「お願いだ……檜吉を殺さないでくれ……殺すくらいなら、あんたの子分にでも何でもしてやってくれ、お願いだ……」

「遅い。それに、もう用なしだ。宝の在処が分かったンだからよ」

と言い捨てて、松五郎の刃が檜吉の首に食い込んだ。

いや、その寸前――。

ガツンと松五郎の目の玉に、小石が飛んできて命中した。すばやく離れた檜吉は、わずかに耳に傷を受けただけで済んだ。

泰平が悠然と地蔵堂の裏から出てきた。

「地蔵堂をほじくっても何も出てきやしねえぜ」

「なんだと……」

「杢兵衛さんが拝んでたのは、お宝ではない。一輪の月見草だ」

訝る松五郎たちに、泰平は堂々と答えてやった。

「年に一度、十五夜の晩に、その花は咲くんだ。一年にたった一度だけな……それは、亡くなった檜吉のおふくろさんが植えたものだ。初めは咲かなかったが、三回忌を迎えてから、毎年、咲くようになったんだよ。命日の十五夜にな」

「そんなことが……」

茫然と立ち尽くして聞いていた檜吉に、泰平は篤《とく》と語るように、

「親父さんの宝は、年に一度だけ咲く月見草だったんだよ……その一輪の花は、亡くなったおふくろさんだ……おまえのおふくろさんに会うことだったんだよ」

「お、親父……俺、そんなこと、何も知らなくて……」

愕然《がくぜん》となって、杢兵衛に近づこうとしたとき、

――バサッ。

と龍吉の長脇差が、杢兵衛の背中を斬り捨て、蹴倒した。

「うわっ……」

よろよろと前のめりに息子の方へ倒れかかった杢兵衛を、檜吉は必死に抱き留めた。

「親父……親父い！」

さらに、虎次郎が檜吉を斬ろうとしたとき、

――ブン！

と鋭く空を切る音がして、グサリと虎次郎の腹に一本の槍が突き立った。

一方から猛烈な勢いで駆けてきた正一郎が、その柄を掴んで抜き取るや、その勢いのまま龍吉の胸も突いた。

啞然と立ち尽くした松五郎は、手にしていた長脇差を落として、

「ひえぇ……おた、お助けを……河田先生……どうか、お助けを……」

急に萎《しぼ》んでしまった松五郎に、正一郎は穂先を突きつけてから、

「天下泰平とやら。さっさと斬っておけば、この杢兵衛は死なずに済んだのではないのか。おまえのやることは甘いのだ！」

「………」

泰平は虫の息の杢兵衛を抱き起こし、檜吉の手を握らせてやった。

杢兵衛は何も言わず、ただじっと檜吉を見つめていたが、最期《さいご》の最期に、その目が微笑んでがくりとなった。

「済まぬ……杢兵衛さん……」

自分が殺したも同然だと、泰平は悔やんだ。たしかに、正一郎の言うとおりだ。脇が甘かった。悪い奴というものには、決して油断をしてはならないのだ。隙《すき》を見せてはならぬのだ。一分の隙が仇《あだ》となるのだ。

もう一度、済まぬと謝ってから、泰平は泣き崩れている檜吉の肩に触れ、

「親父さんが、おふくろさんを大切にしたように……檜吉、おまえもなずなを愛おしんで生きてゆけ……それが親孝行だ。たった一輪の……孝行だ……」

と静かな目で囁いた。

八

ドンドン――。

菩薩一家の表戸が叩かれたのは、その夜遅くなってのことだった。月もない、初夏にしては寒々しい海風が吹いていた。

覗《のぞ》き窓を開けて、子分が外を見ると、そこには松五郎がいた。

「梵天の親分」

「夜分、こんな刻限に済まねえな……急いで話したいことがあるんだ。鶴政親分、起こしてくれねえか」

「へい、ただいま」

と言いながら、潜り戸を開けると、雪崩《なだ》れ込んできたのは、泰平と正一郎だった。

「な、なんでえ、てめえら！」

叫ぶ子分の前に、縄で縛った松五郎を蹴倒して、

「さっさと鶴政を叩き起こせ」

「しゃらくせえッ」

子分が匕首で斬りかかってくるのを、正一郎があっさりと叩き落とした。

ドドッと寝間着姿の子分たちが数人、奥から駆け出て来た。すわっ出入りかと思ったのか、それぞれ長脇差や匕首を手にしている。

泰平はずいと出て、腰の刀に手を添えた。

「やくざ者のすべてが悪いわけではない。言葉にすれば妙だが、まっとうなやくざ者もいるだろう。だが、おまえたちは違う」

「なんだと……」

「人を人とも思わぬ輩は、そうだな……大山の不動明王に成り代わって成敗してやる。おまえらのような輩に、縁日を仕切られるのはもう御免だとよ」

「てめえ……！」

子分たちが一斉に突っかかっていったが、泰平は刀を抜かずに一文字、霞《かす》み返し、横引き落としなどの柔術で倒してから、

「梵天の鶴政は出て来ないのか。松五郎もそうだが、イザとなりゃ、臆病風が吹く。海風より冷たいぜ。親兄弟がいる奴は、とっとと立ち去れ。でねえと、今日は虫の居所が悪いンだ。怪我じゃ済まないぞ」

不気味なほど静かに言った。

二階から、ゆっくりと鶴政が降りてきた。手には長脇差を握っており、いかつい顔で怯む様子はなかった。松五郎の情けない姿を見て、

「梵天の……下手を踏んだな」

「た、助けてくれ……」

「まあ、どの道、おまえが死んだとしても、後は俺が独り占めできるから、どっちでもよかったのだがな」

　不敵に睨む鶴政に、泰平がさらに穏やかに、

「おまえが悪いんじゃなくて、おまえたちをのさばらせている役人が悪いんだな」

「だから？」

「反省して出家し、今まで殺してきた者たちの霊を弔《とむら》うならば、許してやろう」

「許してやる？　何様だ、てめえ」

「何様でもない……ただの素浪人だ」

「なめてるのかッ。しゃらくせえ！　ぶっ殺してしまえ！」

　自ら斬りかかってきた鶴政の長脇差を、素早く抜刀した泰平の刀が叩き落とし、次の瞬間、脳天をかち割っていた。

「だ、誰なんだ……てめえ……」

最期にそう呟きながら、鶴政は倒れた。

たった一刀で死んだ親分の悲惨な姿を見て、子分たちはこけつまろびつしながら、逃げ出した。

松五郎も縄に縛られたまま逃げ出したが、上がり框《かまち》から三和土《たたき》に頭から転落して、ゴキッと首の骨を折って果てた。


翌日——。

宿場役人が、変わり果てた菩薩の鶴政と梵天の松五郎の姿を見つけたとき、泰平と正一郎の姿はすでに宿場からは消えていた。

ただ、代官殺しや地元の俠客《きょうかく》殺しの噂が広がり、

「なんだか分からないが、悪い奴を斬り倒している奴がいる」

という得体の知れない話に、色々な尾鰭《おひれ》がついて、風から風に飛んでいった。

そうとは知らず、小田原城下をぶらついていた泰平の前に、ひょこっと文左が現れた。そして、ぶつぶつと文句を垂れ始めた。

「旦那、旦那……本当に、大山のお宝はなかったんですかい？」

「肝心なときには逃げやがって、知るものか、バカ」

泰平は文左を押しやって、先に進んだ。

「肝心なときって……俺はね、旦那。ちゃんと大山まで登って、きちんとしたお宝の在処を調べ直してきたのやで。なのになんや……ここは朱印地だから、一切の掘削は御法度やて？　冗談やない。そんなこと、まともに聞いてたら、何処へ行こうと、お宝なんか拝めないやないか」

「好きにしろ」

「ちょっと旦那……勘違いしてまへんか？　あんたは俺に借金があるんでっせ。このお宝絵図面を使って返せないのならば、一生、働いてでも返して貰いましょうか」

「だから、それをやると言っているではないか。俺は端《はな》から、お宝なんぞ、どうでもよかったのだ」

「はあ？　なんですって？」

「あてのない気儘《きまま》旅。お宝探しでもすれば、無聊《ぶりょう》を決め込むよりもよかろうと思ったまでだ。さあ、行ったり、行ったり」

「何を考えてるのや……こんな紙切れに三百両……いや千両も注ぎ込んだんだからね。旦那が持ち逃げしたから、そういう成り行きになったンだからね。きちんと始末つけて貰いまっせ」

素知らぬ顔をして泰平は、城下をぶらつきながら、

「なんだか、ここもきな臭いな」

「え？」

「不正の臭いがプンプンしやがる」

「――不正？　違いますやろ。馬のうんこの臭いでっせ。アッ！」

文左の草鞋の裏には、道端に落ちていた馬糞《ばふん》がべったりとくっついていた。

「あ、ああ……なんでだよ、まったく……」

情けない顔になる文左だが、泰平は愉快そうに指をさして笑うだけだった。

「まあ、よいではないか。運がつくってな、きっと何かよいことがあるだろう。それこそ、お宝が見つかるかもしれんぞ」

「旦那……歩けないですよ、もう」

「えんがちょ」

子供のようにからかって、泰平は駆け出した。

それを追おうとした文左は、表通りに飛び出した途端、武家の行列に出くわし、勢い余って、武家駕籠に突っ込んでしまった。

「わわ、うわあッ」

ごろんと転がって、草鞋の裏の馬糞が駕籠の縁《ふち》についてしまった。

「無礼者！」

文左は一斉に取り囲まれ、

「小田原藩家老、横塚内蔵助《よこづかくらのすけ》様の行列と知っての狼藉《ろうぜき》か！」

「知りませんです。申し訳ありませんです」

「町人の分際で！　そこになおれッ。無礼打ちに致す！」

供侍が刀に手をかけて、まさに抜き払おうとしたとき、

「まあ、待たれい」

と泰平が渋々と戻ってきた。

「俺と悪ふざけをしていて、かようなことになった。このとおりだ、謝る」

頭を下げて、文左を連れて行こうとしたが、馬糞をつけたことに腹を立てたのか、
泰平の態度を生意気に感じたのか、駕籠の扉が開いて、いかにも堅物そうな家老が顔を出した。

「戯《たわむ》れで許されると思うてか」

威圧する目を向けたので、泰平もここぞとばかりに、威儀を正して、

「まことに申し訳ござらぬ。実はこやつは拙者《せっしゃ》の小者。訳あって名を伏せねばなりま

せぬが、若年寄・松平肥後守《まつだいらひごのかみ》の命にて、諸国見廻り役を帯びている者にございます」

「巡見使……」

「この場限りのこととお納め願えれば幸いと存じますが、事を荒立てると申されるのであれば、只今よりすぐにでも、藩主・大久保加賀守《おおくぼかがのかみ》直々にお目通り願っても構いませぬ。これに、若年寄の天下往来御免の書状がありますれば」

懐からちらりと見える道中手形の封書を、泰平はぽんと叩いた。

「あいや、しばらく……そこまですることはござらぬ」

「では、先を急ぐので、これにて」

さっと踵《きびす》を返すと、堂々と大通りを城の方へ向かって歩き出した。その泰平の後ろ姿は実に大物の貫禄《かんろく》がある。

「あ、お待ち下さい、旦那様」

文左があたふたと泰平を追いかけるのを、しばらく見送っていた横塚は、

「何処かで見た顔よのう……」

と呟いたものの、駕籠の扉をゆっくり閉めた。

しばらく黙々と歩いている泰平に、文左が背後から声をかけた。

「旦那……やっぱり、只者じゃなかったんじゃないですか」

「こりゃ、いい用心棒代わりになる。実は、俺ア、金がらみで、あちこちから狙われてやしてね。頼もしいなあ。これからも、お願いしやすよ」

「…………」

「あれは嘘だ」

「またまた、そういうことおっしゃって」

「嘘も方便。ああでも言わねば、納まりがつくまい……もう駕籠は行ったかな……よいか、あの角まで歩いたら左の路地へ曲がって、そのまま駆けるぞ」

「え？」

「バレたら、それこそ、どんな目に遭うか分かったものじゃ……早く城下を出よう」

路地を曲がった途端、泰平はぴゅうっと思い切り駆けだした。

「な、なんで⁉ 待って下さいよ、旦那ア」

腰の刀に手をあてがい、物凄い勢いで走っていく泰平の後を、文左は振り分け荷物をバタつかせながら必死に追いかけた。

「おおい、泰平の旦那ア！」

行く手には、雪の冠をかぶった富士山が、勇壮に聳《そび》え立っていた。

第四話　姫は泣かない

一

箱根《はこね》の関所は、屏風山《びょうぶ》が芦ノ湖《あしこ》に迫る難所にあり、まさに砦《とりで》のようであった。東海道では、浜名湖《はまなこ》の新居宿《あらいじゅく》と並ぶ、幕府にとって最も重要な所だ。

ここ箱根の関はひとつではない。根府川《ねぶ》、仙石原《せんごくはら》、矢倉沢《やぐらざわ》など五ヵ所に〝裏関所〟が敷かれており、また夜通し芦ノ湖を見張る〝遠見番所〟も設けられ、鼠《ねずみ》一匹通れぬような厳しい監視がなされていた。

「間もなく暮れ六つ（午後六時）でっせ、旦那。急がないと戻されてしまいますがな」

文左は足早に駆けだしたが、泰平はのろのろと、

「おかしいなあ……落としたかなあ……そんなことはないはずだ……もしかして、さっきの峠の茶屋で掏《す》られたかなあ……」

「何をぶつくさ言ってるんです。早く、早く。門が閉まってしまいます」

行く手の坂の上に、冠木門《かぶきもん》が暮れなずむ中に見えた。

関所は明け六つ（午前六時）の鐘から始まり、夕暮れの鐘で終わる。たとえ、ぎり

ぎりであっても、門が閉められれば決して通ることはできない。来た道を半刻（一時間）程戻って、宿を探すしかなくなる。

門番の足軽が、そろそろ閉める刻限と感じて、駆け込む旅人を六尺棒で追いやるように急《せ》かせている。なんとか滑《すべ》り込みたい文左は、ますます駆け足を速めた。

「旦那ッ。何をとろとろと。閉まっても知りませんぜ」

「いや、それがな……往来手形をな……」

「ええ？　なくしたんでっか」

「……のようだ。まいったなア」

道中に必要な往来手形は、檀那寺《だんなでら》や名主から出して貰《もら》うが、東海道を旅するにはさらに関所手形が必要である。幕府が、

――入《い》り鉄砲《でっぽう》に出女《でおんな》。

を警戒してのことで、〝鉄砲手形〟と〝女手形〟があった。手形がなくても通れるのは、旗本と御三家の家来くらいで、泰平のような浪人は江戸で御留守居《おるすい》証文《しょうもん》がなければ、絶対に通ることができなかった。

脇街道を抜けるなどして、関所を避けることがあれば、領民などにすぐに見つかって、役人に報《しら》せられ、極刑に処せられる。関所破りは磔《はりつけ》なのだ。

「旦那……この際、巡見使の天下御免で通ったらよろしいのとちゃいますか?」

「そうはいくまい……」

本来なら、使番《つかいばん》という旗本が、小姓組頭や書院番などを連れて、五畿七道《ごきしちどう》を巡廻している。公儀隠密《おんみつ》には違いないが、常に隠れて民情視察しているわけではなく、村役人や領民などに直《じか》に話を聞くのが役目である。

「関所では、出鱈目《でたらめ》は通じまい」

「じゃ、あっしは先に行きますよ。今から、旦那と一緒に来た道を戻るなんて、まっぴら御免ですからね」

文左はさっさと駆け出した。

「おい……冷たい奴だな……置いていくなよ……しかし、困った」

それでも、とぼとぼと門まで向かうと、すでに文左は、待機所である〝千人溜まり〟から関所の中に入って、取り調べを受けはじめた。案の定、泰平は門番に六尺棒を突きつけられ、

「往来手形も関所手形もないならば、一切通すことはできぬ」

と追い返されそうになった。

そのときである——千人溜まりの中から、

「天下泰平の旦那ァ。元気だった？」

艶《あで》やかな声がかかった。

「おお。お藤！　これは、いい所で会った。地獄に仏とはこのことだ。いや、観音菩薩《かんのんぼさつ》かのう。なあ、お藤さんや」

「なんですか、気持ち悪い。旦那らしくもない猫撫《な》で声で」

「いや、それがな……」

往来手形と関所手形を落としたと知ったお藤は、

「だったら、私に任せて下さいな。その代わり、旦那は一言も口をきいてはいけません。いいですね」

と言いおいてから、門番には芸人の〝出雲のお藤〟だと名乗って、本御番所の前まで来た。芸人は基本的には無手形で通ることができる。僧侶や山伏《やまぶし》なども同様である。

ただ、女であっても、御留守居証文がなければならない。お藤はそれを持参しており、本御番所の上之間にいる羽織袴《はおりはかま》姿の番頭《ばんがしら》と横目付に見せて後、次之間にいる定番人などにも、軽く手妻《てづま》や舞いなどの芸を披露《ひろう》して、

「この者は私の一座の芸人であり、用心棒の木偶《でく》の坊助《ぼうすけ》という者です」

道中には、盗賊や雲助《くもすけ》がいて、殊《こと》に「立場《たてば》」という天領や藩領、寺社領が複雑に入り交じっている所は、役人の目が届かないから、旅人から金品を盗むことが多い。ゆえに、女のひとり旅なんぞ、もっての他で、用心棒を従えるのは当然のことだった。

「ただし、この木偶の坊、生まれつき口がきけませんし、ご覧のように図体ばかり大きくてバカだから、九九もろくにできませんし、文字も書けませんから、お役人様の問いかけにも答えられません」

おい——と言いそうになる泰平に肘《ひじ》打ちして、

「代わりに私が答えますので、なんなりと……でも、まあ頭が鈍いから、私の短剣投げなどでも、じっとしてるから、芸人としちゃ使いやすいんですよ」

「やってみせい」

と横目付が言った。

「え？　ここで、ですか？」

「さよう。おまえのような芸人は結構、通るのでな」

「あい分かりました」

番人が用意した板を背にして泰平を立たせ、お藤は短刀を二本手にすると、狙いを定めた。じっと睨《にら》むお藤の目が真剣になった。

泰平は唾《つば》を飲み込んで、お藤が投げるのを、これまた凝視《ぎょうし》していた。

「――エイ!」

お藤が二本の短剣を続けて投げると、それは泰平の右頰《ほお》と左腋のギリギリのところに、ビシリと突き立った。

「如何《いかが》でござんしょう」

にっこり振り返ったお藤の腕前に、番頭と横目付は、「見事だ」と褒《ほ》めたが、〝出女〟に関しては神経を尖《とが》らせているから、

「男はよいが、お藤、奥へ来い」

と定番人は命じた。

番頭と横目付がいる上之間に上げられ、〝人見女《ひとみおんな》〟によって、女改めが行われる。全裸にされて、隠しているものがないか、関所女手形に記されていることと相違がないかどうか、克明に調べられるのだ。

『往来一札の事』と記された後に、発行した者の名と印が続き、道中する者の容姿や髪型、着物の種類や持病など様々なことが書き記されており、最後は『往来一札、よってくだんの如《ごと》し』などとしめて、箱根関所の御役人への宛名書きをしている。手形は身元を保証すると同時に、旅の途中で亡くなったときの連絡先も分かるようにして

いるのである。

泰平の世の中とはいえ、まだまだ諸国には関《せき》ヶ原《はら》以前の荒々しい武門の風習が残っていたから、道中を厳しく見張るのは、幕府として当然であった。ことに諸藩の藩主の人質ともいえる江戸住まいの妻女が逃げ出すことには、目を光らせていた。

だから、髪の長さが少し違ったくらいでも、通行が叶《かな》わず、逗留《とうりゅう》されることがある。ましてや、記載に誤りがあったり、関所に常備している「判鑑《はんかがみ》」という手形の判との印影が違えば、いかなる事情があっても通ることができない。

厳しい検査の後、通行の許しを得たときには、すっかりと日が落ちて、暮れ六つの鐘も鳴り終えていた。

上方口門から出て、しばらく歩くと、

「じゃあね、旦那。あたし、急ぐから。なに、礼なんていいわよ。一度、私を抱いてくれるだけで」

「…………」

「冗談よ。いや、あながち冗談じゃないかも。だって旦那、凄《すご》いんだもん」

「え?」

「私が投げた短剣、微妙に避けてたもんね。じっとしてたら、きっと体に突き立ってた。やっぱり旦那、只者じゃない」

「かいかぶりだ」

「また縁があったらね」

暗い道を駆けるように急ぐお藤が、何処《どこ》を目指しているのか泰平は知らない。だが、きっと文左のお宝絵図面を狙ってのことだろうと勘繰《かんぐ》っていた。

「さてと……今宵《こよい》は、ゆっくり出湯《いでゆ》に浸かって、ぐいと酒でも飲むか」

泰平は懐《ふところ》をポンと叩くと、財布がない。

「あッ……もしかして、お藤の奴……いや、まさかなあ……困った……越すに越されぬ箱根の関……いや、箱根の山ってか」

不気味なくらい細い三日月が、真っ黒な山の端《は》にかかっていた。

二

「どうだ、いたか……」

「いえ。それが見失ったままで」

「まずいな。このままでは、御家老に迷惑がかかる」

「迷惑の段ではない。切腹ものだ」

「ならば、探せ探せ。断じて逃がすでない」

切羽詰まった声が、宵闇《よいやみ》の中で広がっていた。箱根宿は山奥ゆえ、寒さも増し、まさに漆黒《しっこく》の闇だった。寝ずの番の関所があるとはいえ、灯火《ともしび》を落とす刻限が過ぎると、暗黒はますます広がった。

「三島《みしま》宿まで行ったやもしれぬな」

「まさか、女の足では無理だ」

「さよう。上長坂《かみながさか》、下長坂は馬も人も滑《すべ》って尻餅《しりもち》をつく」

「殊に今夜のように湿った風の日には、余計にな」

「よしんば坂を下り終えても、三《み》ツ屋《や》あたりは、地獄の亡霊も通らぬというほど、寂しい所だ。俺とて恐い」

ぶるっと誰かが震《ふる》えたとき、近くの御堂の扉が、ぎいっと軋《きし》んだ。

「うわッ」

ひとりが驚きの声を発すると、他の者たちも恐怖の悲鳴を上げた。尋常の声ではない。まさしく、幽霊でも怖がる声だった。

開いた御堂の奥から出てきたのは、ひとりの袴姿の浪人者、河田正一郎であった。

「で、出たア！」

「ゆ、許してくれ、琢馬《たくま》！　おまえに怨《うら》みはない！」

「さよう。これは命令なのだ！　あの御仁《ごじん》の命令なのだ！」

「逆らえば、こっちが殺される。成仏《じょうぶつ》しろ、琢馬！」

必死に叫ぶのは、数人の紋《もん》付き袴の侍たちであった。どこぞの家中であろう。いずれもきちんとした身なりであることは、闇の中でもうっすらと見ることができた。

「誰だ。その琢馬とやらは」

侍たちの中から、一際、屈強な男が踏み出して来て、

「かような所で何をしておる」

「俺か？　宿がなくてな。野宿をしておる。もっとも、阿弥陀如来《あみだにょらい》様を祀《まつ》っている御堂にお邪魔してるがな」

「うろんな奴……名を名乗れ」

「人に尋ねる前に、自分から名乗るのが筋であろう」

「もしや、話を聞いておったな」

「はっきりとは聞き取れなかったがな……琢馬というのはハッキリ聞こえた。ふむ……おまえたちは血の臭いがする。どうやら、その琢馬とやらを斬《き》ったな。それゆ

え、成仏しろなどと怯《おび》えているのか」

正一郎が言うと、侍たちはいきなり抜刀して、

「構わぬ。こやつも始末するぞ」

と斬りかかった。

だが、正一郎の槍の柄尻が次々と相手の鳩尾《みぞおち》や眉間《みけん》、喉《のど》などを鋭く突いた。途端、侍たちは子犬のように転げ回った。

「な……何奴だ……ごほごほ……」

「そんなに聞きたければ教えてやろう。武州浪人・河田正一郎。〝槍の河田〟といえば、国元では少しは知られた男だ」

侍たちは、「知ってるか」「知らん」「聞いたこともない」などと呟《つぶや》いた後で、「箱根の関を越えてきているのだから、怪しい奴ではないのではないか」とさらに囁《ささや》き、一番屈強な者が今度はきちんと正座をした。

「いきなりのご無礼。許していただきたい」

「なんだ。今度はあっさり謝るのか。調子が狂うな」

「拙者《せっしゃ》、小田原藩家臣・児嶋雄太朗《こじまゆうたろう》という者。我らは殿の命で、城から抜け出した姫君、小梅《こうめ》様を捜しているのです」

「抜け出した？」

「いえ。抜け出した……というより、さらわれたという方が正しい」

「よく分からぬが、その琢馬という奴が姫をさらって逃げた。そいつを、おまえたちは追いつめて殺したものの、肝心の姫には逃げられた……ということか」

「なんと、勘の宜《よろ》しいお方だ」

感心する侍たちに、正一郎は鼻で笑って、

「聞けば、それくらいおおよそ分かろうというものだ。おまえたちは鈍いのか？」

「な、なんと！」

「闇の中でよくは見えぬが、どうやら、まだまだ若侍のようだな」

正一郎は児嶋を凝視しながら、鞘のついた穂先でチョンと肩を突いて、

「おまえたちが斬ったという琢馬とやらは、悪い奴なのか」

「はい。普段から何かと藩政に対して文句ばかりを言い、御家老様も頭を痛めておりました。その上、すでに嫁《とつ》ぎ先が決まっております姫君に横恋慕《よこれんぼ》し、挙げ句の果てに、こっそりとさらって逃げたのです」

「琢馬という者がひとりでか」

「城を抜け出すまでには、おそらく奴の仲間が手を貸したと思われますが、藩士にあ

るまじき所行に、私たちは殿と御家老に命じられて追っ手となり、万が一、琢馬が逆らえば斬り捨てて構わぬと……ですから、関所手前、白水坂《しろみず》あたりで仕留めたのです」

「そこならば、箱根の関は小田原領ゆえ、始末しても、どうにでも処理できる、か」

「はい。しかし、姫が沼津《ぬまづ》の領地に入られては、少々、事が面倒になります」

「それにしても、妙ではないか」

顎《あご》を撫でながら、正一郎は疑問を呈した。

「琢馬とやらを始末したのならば、姫は自ら城に帰るのではないか？　それに、女ひとりで、あの厳しい関所を通れたとは思えぬが。さらわれたのであれば、関所の役人にも藩から、その旨、届いておるであろうし、裏関所や芦ノ湖を抜けることもできまい」

「そこが私たちにも分からないのです」

「なんだ……」

がっくりと膝《ひざ》が崩《くず》れそうになって、正一郎は槍で支えた。

「ただ、河田様……姫が関所を抜けたのはたしかなのです。その証が、これです……」

児嶋は一口の懐刀を差し出した。

「これが、すぐそこの道端に落ちていたのです。もしや、野盗の類《たぐい》にさらわれたとしたら、それこそ殿に合わせる顔がない。いや、私たちは切腹モノです」

「であろうな」

「ですから、何としても探し出し、助け出さねばなりませぬ。河田様！」

「なんだ。急に、すがるな、気持ち悪い」

「どうか、どうか。あなた様のその槍の腕前で、姫を一緒に探して下さらぬか」

「姫探しと槍の腕は関わりあるまい」

「いえ、きっと役に立ちます」

「ふん……どうせ野武士退治の用心棒にしたいだけであろう」

そうは言いつつも、この顚末《てんまつ》に、どこか違和感を感じた正一郎は、野次馬根性が湧いたのか、二つ返事で承知した。

「ありがたい！　これで、鬼に金棒だ！」

若侍たちは小躍りして喜んだが、正一郎はきちんと言った。

「ただし、見つけて連れ帰った暁には、俺を藩に推挙しろ」

「小田原藩にですか」

「できれば、武官の方がよいな」

「あ、はい。承《うけたまわ》りました。必ずや殿にお話しし、小田原藩に仕官していただきます。そういや、丁度、槍奉行がこの前、餅を喉に詰めて死んだところだったなア、みんな……ということで、必ずや推挙致します！」

なんとも頼りのない一行だが、

――これで、しばらくは飯と宿にはありつけるであろう。

と正一郎はニッコリと微笑《ほほえ》んだ。

三

今日の富士山は一際、美しかった。

雲ひとつない青空を背景に、なだらかな稜線《りようせん》をくっきりと浮かび上がらせ、まだ七合目辺りまである白雪が、まさしく絵のように華麗であった。

東海道の宿場のほとんどが、帯状に長いのに比べて、三島宿は鉤形《かぎ》、あるいは枡形《ます》になっている。宿場の東西の道をわざと曲げて、万が一、大軍勢が押し寄せても、流れが悪くなるようにしているのだ。箱根の関所と相まって、西国大名への牽制《けんせい》である。

参勤交代の大名たちも、箱根八里を越える前に泊まるから、本陣の数も多い。伊豆《いず》下田《しもだ》に向かう下田往還《おうかん》、さらに甲斐国《かいのくに》に向かう甲州《こうしゅう》道が交差しており、江戸にも劣《おと》らない大変な賑《にぎ》わいであった。

三島宿は元来、三島大明神《だいみょうじん》を中心に栄えた所である。三宅《みやけ》島から海を渡って下田の白浜《しらはま》に上がり、そこから北に上って、三島に鎮座《ちんざ》した。ゆえに、下田からの道は、〝神の道〟とも呼ばれている。

この三島に伊豆国代官所が置かれたのは、天正《てんしょう》十八年（一五九〇）のことで、初代の伊那熊蔵《いなくまぞう》が着任してから、代々、伊那家が天領である伊豆を支配していた。

参勤交代の大名は、小田原藩領にある箱根の関所を通る前に、天領に留まらねばならぬから、大層神経を使っていた。主な陣屋は、『世古《せこ》本陣』と『樋口《ひぐち》本陣』があったが、ぶらりと宿場の表通りを歩いてきた泰平は、

「おや？」

と足を止めた。樋口本陣の前で、箱根で先を急いだはずの文左が、うろうろしていたからである。どうせ、またぞろ金目のものを嗅《か》ぎつけてのことであろう。

「おまえのお陰で野宿だった。風邪《かぜ》を引きそうになったぞ」

泰平に声をかけられて、文左はドキンと振り返った。

「あらら、泰平の旦那ァ。ご無事で何より。往来手形、見つかったんでっか？」

「いや。お藤が通りかかってな。おまえと違って、親切なことに、芸人のふりをして一緒に通してくれた」

「お藤が⁉」

「ああ。あの女も欲惚《よくぼ》けかと思っていたが、なかなかよいところもある」

「冗談じゃありまへんよ……あれから、俺は、その親切なお藤とやらに、えらい目に遭わされたンですからね」

「ん？　枕《まくら》でもとられたか」

「ご名答。あいつ、なんだか知らんけど、俺が泊まった宿を探り当てて、色仕掛けで迫ってくるから、一緒に露天風呂に入って酒なんぞ飲んでたら、翌朝、いないんだわ」

「眠り薬でも入っていたか」

「路銀と一緒に、お宝絵図を持ち逃げしやがった」

「ハハハ。それは愉快」

「笑い事やおまへんで。まあ、道中は何があるか分からんから、密《ひそ》かに隠していたところの二両ばかりの金は、見つけられなかったようですがね……今度、会ったら、あのでかいおっぱい揉んでやる」

「なんじゃ、そりゃ」

呆《あき》れ顔になった泰平は、文左の袖《そで》を引いて、

「それより、さっきから、この本陣を覗《のぞ》いてたようだが、何かあるのか」

「内緒……」

「水臭いことを言うなよ」

「じゃ、ちょっとだけ……実は、神君家康公の財宝がここにある……そう絵図面に記されてあったのを思い出しましてね」

「家康公の……どうせ、また眉唾《まゆつば》か、空振りであろう」

「何をおっしゃる兎《うさぎ》さん。ここは家康公が北条氏没落の後、直《ただ》ちに開いた宿場。そんでもって、何度も鷹狩りに訪れている地なんでっせ。もっとも、今の上様……綱吉公の生類憐みの御触れのせいで、鷹場は三年程前になくなりましたがね」

「で、そのお宝が本陣に移された、か」

「またまたご名答。旦那……なんだか、今度こそ、いいことがありそうな気がしまへんか。なんたって、三島大明神でっせ。ここは、俺の実家と縁のある伊予国《いよのくに》の大三《おおみ》

島《しま》、大山祇《おおやまづみ》神社の分院でもありますからな、へはは」

「そりゃ、めでたいことだ」

「でしょ」

「おまえの頭の中がだ」

「――おいッ」

文左は半拍遅れで腹を立ててから、

「それより、旦那、見て下さいよ。この本陣、俺たちが泊まれないのは分かるけど、あんな奴が、泊まれるんですぜ」

指をさすと、本陣の玄関をすぐ入った所の土間に、唐丸籠《とうまるかご》が見える。罪人を運ぶ籠だ。

その中には、咎人《とがにん》の顔が見えた。まだ、若そうだが、意志が強そうな目をしており、凶暴そうに血走っているようにも見えた。

玄関の表には、『伊予三島藩御一行様』と木札がかかっている。

「おお。おまえに縁のある？」

「違います、そっちは大三島……伊予三島ってのは、川之江《かわのえ》代官の天領だった所に、徳川御一門の殿様が入って出来たばかりの藩らしいでっせ」

「ふうん。知らなかった」

「しかし、その一行が唐丸籠持参で江戸に向かっているとは、よほどの大物の盗賊か何かですかねえ」

「さあ、どうだかな」

「だとしたら、もしかして、本陣のお宝を狙ってんじゃないですかねえ」

泰平はさほど関心がなさそうに、

「考えすぎだよ、文左……それより、三島といえば、やはり鮎《あゆ》だ。鰻《うなぎ》もうまい。そのあたりで一杯どうだ」

「旦那に奢《おご》る金なんぞ、一文もないよ」

「まあ。そう邪険にするな」

「ちょっと待った、旦那」

文左はしみじみと泰平の顔を覗き込んで、

「俺は、あんたのこと本当に、公儀の大目付か何かと思ってるんだ。でねえと、箱根の関所を通って来られるわけがない」

「だから、それはお藤が……」

「確かに、お藤からも聞いたが、あまりにも芝居がうまいので驚いてた。なあ、旦那。俺だけにこっそり身分を明かして、堂々と本陣に乗り込んで、お宝を頂戴《ちょうだい》しませんか」

「俺はただの素浪人。そう言ってるではないか。分からんちんだな」

近くの『鮎』と書かれてある店に入ろうとする泰平の足が、ふっと止まった。

少し離れた路地に、ぽかんと口をあけた、りんごのようなほっぺをした小汚い娘が、ぼんやりと立っている。その目は、何となく本陣の方を向いているようにもみえるが、視点が定まっていない。

その目が泰平と合うと、恥ずかしそうに俯《うつむ》いて路地に消えた。かと思いきや、すぐさま小走りで飛び出してきて、必死に泰平の方へ向かってきた。

その後ろから、三度笠を被った渡世人《とせいにん》風が追いかけてきていた。その三度笠がいきなり長脇差《ながどす》を抜いて、小汚い村娘の背中を叩き斬ろうとしたように見えた。泰平はとっさに飛び出して、その腕を摑《つか》んだ。

「放せ！　何をする！」

「なぜ、この娘を斬る。事と次第では、俺がおまえを斬らねばなるまい」

「邪魔立てするな！　そんな小娘、どうでもよい。用があるのは、本陣の方だ！」

三度笠は泰平の腕を振り払って、素早く体《てい》を整えると、青眼に構えた。

「おぬし、武家の出だな……しかも、なかなかの腕とみた。侍のくせに、わざと博徒《ばくと》風情に身をやつしているだけではないようだな」

「………」

三度笠がブンと激しく長脇差を振りおろそうとすると、泰平は素早く避けた。その隙《すき》に、三度笠は韋駄天《いだてん》で逃げた。

「なんだ、あいつは……」

文左が怪訝《けげん》な顔で見送ると、今度は別の蓑《みの》笠をつけた薬売りが、『樋口本陣』を窺っているのが見えた。その男の目は、本陣の中にいる唐丸籠の中の男に目配せをしている。そして、路地から窺っていた先程、逃げた三度笠とも頷《うなず》きあった。

じっと見ている泰平と文左の視線に気づいた男たちは、瞬時に姿を消した。

「妙な奴らですね、旦那……もしかして、あの唐丸籠の仲間やもしれやせんぜ。もしかして、咎人を助け出す算段でもしてるのかも」

「文左。おまえにしちゃ、なかなか冴《さ》えているではないか」

「じゃ、旦那も？」

と言いかけた目が、先程の村娘に移った。娘は玄関から本陣の中を覗き込もうとした。途端に、中から番人が出て来て、近づくなと押しやられた。

その弾みでよろよろと倒れた村娘は、さらに着物を汚してしまった。

「おいおい。乱暴はあきまへんで」

文左は番人に文句を言いながら、すぐさま娘を抱き起こして、泥を払ってやった。

「意外と親切なのだな、文左」

「女が困ってりゃ、助けないわけにゃいけねえでしょうが」

「とかなんとか言って、三島女郎に売り飛ばすつもりじゃないだろうな」

「な、何を人聞きの悪いことを！」

そう言いながらも文左が着物の泥を払ってやっていると、

——ぐうう。

と村娘の腹の虫がないた。

「おまえ、腹が減っているのか？」

恥ずかしそうにこくりと頷いた村娘の顔は、薄汚れてはいるものの、子鹿のように可愛《かわい》らしかった。文左はにっこりと微笑み返して、

「いいよ、いいよ。あんちゃんが、うまいもの、たんまり食わせてやっからな」

「俺には一文も奢らないのにか？」

泰平はしっかり、文左と村娘について行きながら、

「やはり、鰻がうまいぞ、鰻が」

四

当時はまだ醬油《しょうゆ》の甘だれの蒲《かば》焼きはなかった。ぶつ切りにして焼いたものや、開いて白焼きにしたものを、塩や味噌、山葵《わさび》を添えて食べたが、ぷりぷりとした鰻は、ほんのり甘くて、幾《いく》らでも手に入った。

「旦那……やっぱり、江戸は息苦しいですなあ……あんな下らぬ御触れなんぞ気にせず、ここじゃ鰻で食い倒れやァ」

これがまた実に酒に合うから、泰平と文左は調子に乗って何皿も食べていたが、驚いたのは、村娘の食いっぷりである。

何もそこまで食べることはあるまいというほど、散々、平らげた挙げ句、

「なるほど……なかなか、おいしいものじゃな」

と呟《つぶや》いた。

「鰻というものが、これほど美味とは思わなんだ」

満腹の文左はとろんとした目を娘に向けて、

「なんだ、おめえ。妙な口ぶりで喋《しゃべ》りやがって、飯盛り女でもやってたか……おいしゅうおすえ……ってか」

「ほんに……」

「そりゃ、これだけ上品な鰻は、おまえの村なんかにゃあるまい。ゴッゴッした身の硬いのばっかりやろ」

「鰻といえば、小さく切って、御飯に混ぜたものしか知らぬゆえ、鰻本来の味を知らなんだ。ほんに、おいしく戴いた」

「…………」

「それにしても、そちたちも、よう酒を飲むものじゃなあ」

「…………」

「わらわの知っておる者たちも、いつ果てるともなく飲むときがあるらしい。酒とはさように、おいしいものか」

と村娘は、すっと文左の銚子《ちょうし》に手を伸ばした。

「ああ……飲みたいのなら、ほら」

杯《さかずき》に注いでやると、村娘はぐびっと飲み干して、

「——ふわわ……なんともまあ……」

「うまいか」

「マズイものじゃのう。わらわはやはり、梅の香りのする水がよい」

しみじみそう言って、高足膳に添えられていた梅茶を飲んだ。

「鰻に梅ってのは、食べ合わせが悪かったはずだが……ま、いいか……それより、旦那、この村娘、ちょいと……」

文左は頭の上で、くるくると指を回した。

「女郎として働きすぎて、それこそ梅の毒でも回ったんかな。気の毒になあ」

泰平も様子がふつうでないと眺めていたが、その村娘が急にドタリと仰向けに倒れて、すうすうと寝息を立て始めた。

「な、なんだ!?」

慌てて、文左は起こそうとしたが、泰平はそれを止めて、

「おちょこ一杯の酒で、酔っ払ったとみえる。しばらく寝かせてやれ。よほど疲れていたのであろう。何か深い事情がありそうだ」

と言いながら、頭に座布団を添えてやった。

「事情……？」

「小汚い着物姿ではあるが、娘の手足を見てみろ。野良仕事なんぞしたことのない、

白魚《しらうお》のような白い指だ。それに、田舎娘なら、鰻なんぞ珍しくもあるまい」

「まさか、旦那……この娘はどこぞのお姫様とでも？」

「かもしれぬな」

「じゃ、なんだって、こんな格好を」

「分からぬ。さっき、あの本陣を覗いていたとなれば、伊予三島藩と何か関わりがあるのやもしれぬな」

「旦那……嫌ですよ、厄介事は」

表通りで、何かざわつく声がした。泰平は爪楊枝《つまようじ》をくわえて、すっくと立ち上がると、格子窓から外を見やって、

「本陣の方だな。ちょいと様子を見てくるから、この娘を頼む。くれぐれも、着物の裾《すそ》を捲《まく》って、悪戯《いたずら》なんぞせぬようにな」

「な、何をそんな。こんな小便臭い娘は御免ですよ」

ふっと笑って店から出た泰平の後ろ姿を見送ってから、

「あっ。あのやろう、食い逃げする気じゃねえだろうな、もうッ」

文左も立ち上がったが、娘をほったらかしにして出て行くわけにはいかなかった。

向かい合ったふたつの本陣の前に来ると、目つきの鋭い数人の若侍がうろついていて、往来の者たちに手当たり次第、人相書のようなものを見せていた。

泰平にも若侍が手渡すと、

「ご浪人。かような顔をした娘を見かけなかったか」

と尋ねた。

人相書の顔は、高島田に結っていて、簪《かんざし》や笄《こうがい》などで飾られているものの、今し方、鰻を食べさせた村娘であった。

――やはり訳ありだな。

確信をした泰平は、逆に若侍に問いかけた。

「これは、どこぞの姫のようだが」

「あ、いや……姫ではない」

「では、咎人なのか？」

「そうではない。そうではないが……」

「この娘が何をしたのだ」

「詳細を語るわけにはいかぬ。ただ、火急を要しておるのでな。もし、見かけたら、我々に報せてくれ」

「今は名乗れぬが、宿場外れに『波田屋《はたや》』という旅籠《はたご》がある。そこに仲間がおるゆえ、届けてくれ。娘を見つけて連れてくれば、十両の褒美を出す」

「十両も」

「武士は相身互《あいみたが》い。よしなにお頼み申す」

そう言うと、また他の旅姿の者や行商人らに人相書を見せて聞いたり、その写しを配ったりしていた。

「――これは、まずいな」

鰻屋の方を振り返ったとき、世古本陣の方から、声がかかった。

「旦那。また会いましたね」

お藤が玄関からぴょこんと飛び出してきた。

「私たち、縁があるんですねえ。もしかして、前世は夫婦だったのかも。かもかも、鴨《かも》の夫婦で、誰かに食べられちゃったのかも」

「ふざけるな。文左の絵図面、またぞろ、盗んだであろう」

「またぞろ盗んだって、人聞きの悪い。拝借しただけですよ」

「路銀もか」

「我々とは？」

「だって、私、一文もなかったんだもん。女のひとり旅ですよ。金さえあったら、それを渡せば野武士だって見逃してくれるでしょ」

「呆《あき》れた奴だ……」

深い溜息をついた泰平だが、向かい合った本陣を見ながら、

「それより、おまえがどうして？」

「世古本陣にいるかって？　世古が一番本陣で、樋口が二番本陣。実はね、本当は樋口本陣に用があったんだけれど、先客がいるので、こっちにしたわけ」

「したわけって、大名でもないのに泊まれるわけがあるまい」

「バカをお言いでないよ、旦那……誰が泊まってるものですか、働いているんですよう。ほら、世の中不景気だしね。少しはまっとうにやらないと」

「まっとうが聞いて呆れる。どうせ、お宝の絵図面に、樋口本陣に家康の財宝があるから、その対面の本陣に潜り込んだまでだろう」

「あら、ご存知で？」

「欲というのはな、お藤、隠すほど顔に表れるのだ。そのうち、醜《みにく》い皺《しわ》になるぞ」

ドン――と、いきなり泰平の鳩尾に拳《こぶし》を突きつけ、お藤は後ろ足で土を蹴りながら、本陣に戻ろうとした。

「待て、お藤……頼みがある」

「知りません」

「皺なんぞない。まさしく富士山のように美しい白い肌だ。三島の水は、富士山から湧いてくる水だから、これまた肌にいい」

「何が言いたいんですか、旦那」

「頼む。人助けだと思って」

「関所はもうありませんよ。新居までね」

「そう言わずに、このとおりだ！　お藤姐《ねえ》さん！」

「――旦那がそこまで言うなら……その代わり、私のわがままも聞いて貰いますよ」

「ああ。幾らでも聞く」

「空手形だったら承知しませんからね」

すぐさま事情を話して、お藤の計らいで、世古本陣の女中部屋に、村娘を匿《かくま》うことができた。文左も一緒だったので、お藤はバツが悪そうだったが、知らぬ仲ではないから、しぶしぶ力になったのである。

「これで、チャラですよ、文左さん」

「おいおい。あの巾着にはな、三十両もの金が入ってたんだぞ。返せ」

「まったく、肝《きも》っ玉の小さな男だねえ」

「うるせえ。金玉は人並みだ」

「肝っ玉だよ、ば〜か」

「バカとはなんだ、バカとは。俺はな、親にだって……散々、言われてたな……」

しょげる文左を押しやって、泰平はお藤の前に村娘を座らせて、

「湯を浴びさせて、さっぱりさせてくれ。もっとも、綺麗にする必要はない。村娘の格好のままでよいから、しばらくここに置いてやってくれ」

「どうしてです」

「この娘は誰かに狙われている。そうであろう、姫君」

鎌を掛けるように泰平が問いかけると、村娘は少し驚いたが、何も言わぬとばかりに、ぎゅっと口を閉じた。

「訳は聞かぬ。何処の誰かも聞かぬ。だが、あんたが何者かに追われているのは、確かであろう？　事実、追っ手はこの宿場にも来て、うろついておる」

「!?――――」

「俺たちは味方だ。安心して、ここに潜んでおればよい……よいな、お藤。この娘が狙われる訳をきちんと摑んでくるまで、なるべく人目に晒《さら》さないでくれ」

不安げに、お藤が村娘を見やると、申し訳なさそうに、

「ええ。でも……」

「かたじけない。そちたちの優しさ、わらわの胸に染み入ったぞよ」

と高貴な雰囲気で答えた。

お藤は噴《ふ》き出しそうになった。文左も呆れ顔で、

「俺は、この娘こそ、バヵの塊だと思ってるのやが、泰平の旦那が、どうしてもって
……まったく、お節介もほどほどにしといた方がいいですぜ。いずれ、色々なことが
バレて、お縄になっても知りやせんぜ」

それでも、泰平がきちんと問いかけたとき、村娘はおもむろに答えた。

「わらわは——小田原藩藩主・大久保加賀守の娘、小梅という」

「小梅……様」

「実は、藩内にわらわの命を狙う一派がおり、何度か危ない目に遭わされたのじゃ。

そこで、わらわに近しい者が、とりあえず、嫁ぎ先に決まっている伊予三島藩まで逃
がしてくれることになっていた」

「伊予三島藩？」

泰平はおやっという顔になって、対面にある樋口本陣に、その藩の一行が宿泊して

いることを思い出した。これは奇遇なのか、それとも、承知で来たのか、泰平の中で奇妙な疑念となって広がった。

「わらわは知らなんだ。でも、きっと供の者が配慮してくれたのだと思う」

「供の者……」

「さよう。父の納戸《なんど》役の沢田《さわだ》琢馬という侍であるが、逃げる途中、箱根の関を目前にして……追っ手に殺されたのじゃ」

「なんと！」

「琢馬には、申し訳ないことをした」

「しかし、よくぞ関所を……」

「〝遠見番所〟には、父と深い関わりがある者がおり、私の危難も承知していたので、芦ノ湖を船にて逃がしてくれた。そこから先は、もう無我夢中で……身分を隠すために、着物を脱ぎ捨て、村娘のものと取り替えてもろうた」

事情を聞いて溜息をついた泰平は、どうして命を狙われているのか訊いたが、それについては小梅もまったく心当たりがないという。ただ、藩内には対立する者たちがおり、自分は政争に使われているのであろうと言った。

「だったら、お姫さん……伊予三島藩の家中の者が、反対側の第二本陣にいるんだから、訪ねてみちゃどうなんだい」

「そうしようとしたが、驚いたことに……唐丸籠にわらわの許婚《いいなずけ》が……」

「ええ!?」

「一体、どうなっているのやらと、訳が分からず……」

泰平は先刻の状況を思い出した。唐丸籠の中の鋭い目つきの若い男の顔も。

「では、あの唐丸籠の中にいたのは、盗賊でも何でもなく、伊予三島藩の?」

「はい。若君です」

「ほう……若君が唐丸籠に、な」

ますます裏を調べてみなければなるまい。そう泰平は判断して、

「お藤、こういう次第だ。しかと頼んだぞ」

「あいよ。あたしの大事な旦那様ァ」

艶《つや》っぽく目配せするお藤を見て、文左は半ば妬《や》いたように、

「いつの間に、てめえら……」

と本気で口惜《くや》しがった。

五

その宿は、後に三島八景に数えられる時の鐘近くにあった。寛永《かんえい》年間（一六二四〜一六四四）にできたこの鐘は、宿場の人々の暮らしの柱である。ゆえに、住民たちが二月ごとに数文の金を出し合って、維持しているという。

桜色の『波田屋』という暖簾《のれん》をくぐって、土間に入ると、印半纏《しるしばんてん》を着た番頭が出て来て、あいにく部屋が一杯だと断ってきたが、泰平は、

「逗留中の武家に会いたい。名は聞いておらぬが、例の娘を見つけたと言えば、分かるであろう。俺は天下泰平という者だ」

番頭は承知していたようで、すぐさま帳場の後ろにある階段から二階に駆け上がった。

しばらく待たされて、番頭が戻ってくるなり、

「二階で、お待ちでございます。とにかく、お上がり下さい」

誘われるままに階段を登ると、まだ若い侍がひとりで待っていた。児嶋雄太朗である。先程、通りで見かけた者とは違う。

「お初にお目にかかります。して、この娘を見かけたのは、何処でございます」

人相書を見せながら、児嶋が訊いた。

「こちらは名乗ったのだ。まずは、そこもとの名を聞きたい」

「申し訳ないが、大切な用事を隠密に行っておるもので、詳細は語れぬのだ。このとおりだ。申し訳ない」

丁重に謝ったが、自分の立場はまっとうするという強い意志があった。かように責任感の強い若者ほど、上役は利用しやすい。事の善悪よりも、命令を実行することを重んずるからだ。

「ならば、こちらも教えかねる」

「なんですと？」

「もし、俺が見つけた女が、おぬしらが探している者ではない、間違いであったとき、何をしでかすか分かったものでないからな」

「……どういう意味です」

「いや。その逆かもしれない。俺が告げた女を殺すやもしれぬ。見つければ十両。これほど躍起になって探しているのだからな」

「殺す……だと？」

児嶋が怪訝《けげん》に見やったとき、泰平は探るように相手の瞳を見つめて、

「事実、沢田琢馬という納戸役を斬ったではないか」

「!?――」

ギクリとなって目を見開いた児嶋は、刀を掴んで素早く立ち上がった。

「だ、誰だ……貴様……」

「小梅姫を狙っている訳を教えてくれれば、居場所を教えんでもない。おぬしらが、この三島宿に来たのは、姫が伊予三島藩の一行に助けを求めて逃げ込む。そう思っているからであろう？」

「…………」

「違うのか？」

児嶋はどちらとも答えずに、刀を握り締めて突っ立ったまま、まったく動ぜず座っている泰平を見下ろしていた。

「おぬしは、姫君の嫁ぐ相手が何らかの咎人として、伊予三島藩一行に運ばれているのを承知しているのか」

「なんだと？」

意外な目を向けた児嶋は、どういう意味だと逆に問いかけてきた。泰平は本当に知

らぬのかと訊き返してから、

「そうか……知らぬか……やはり妙だな」

「待て。姫のお気持ちはともかく、我々は、沢田琢馬が姫君に横恋慕して、さらって逃げたから追っていたまで。むろん、藩命で、琢馬は斬らざるを得なかったが、姫を斬ることなどありえぬ。城に連れて帰るだけだ」

「――ふむ。やはり、小田原藩士だったか」

児嶋はアッと口を塞《ふさ》いだが、遅かった。つい、ぺろりと話してしまったことを悔いたが、元に戻しようがなかった。

「かくなる上は……！」

刀の鯉口《こいぐち》を切って、児嶋が身構えたときである。

「やめとけ。おまえが敵《かな》う相手ではない」

声があって、廊下から入って来たのは、河田正一郎だった。

「おう。〝槍の河田〟か。またぞろ、おまえも首を突っ込んでいたか」

「旅は道連れ、世は情けってやつでな」

「――おふたりは知り合いなのですか？」

児嶋が訊くと、正一郎は鯉口を戻せと言ってから、

「どうやら、おまえたちは何者かに利用されているのかもしれぬぞ」

「何者か……？」

「ああ。例えば、琢馬を斬り捨ててよいと命じた御家老だ」

「横塚内蔵助様が⁉」

その名を聞いて、泰平はエッと声を発した。

「泰平、おぬしも知っておるのか」

「ああ、馬の糞《ふん》がな」

小田原城下で、馬糞を踏んだ文左がぶつかった武家駕籠の相手だと、泰平は思い出したのだ。そのことは話さなかったが、腹に一物《あ》りそうな男だとは感じていた。

「河田殿！　言うに事欠いて、御家老様を悪し様《ざま》に言うのは、許し難《がた》い。証《あかし》があって言っているのでしょうなッ」

「むろんだ。まあ、そういきり立たないで、聞け」

正一郎は泰平にも、昨夜、見聞したことを話した。

小梅を探して、三島宿よりも西に行き、向新宿《むかいしんじゅく》、八幡《やはた》を過ぎて、黄瀬川《きせ》あたりに来たときである。辺りはすっかり暗くなっていたが、気配に振り返ると、闇の中に、どこぞの家中の侍たちの姿が見えた。正一郎はとっさに木陰に隠れてやり過ごした。

殺気を漲《みなぎ》らせながら、三十八間（六九メートル）もある黄瀬川橋を渡ってくる三十人ほどの武家駕籠の一行に忍び寄って行った。

――行列を襲うのか？

と正一郎が思った次の瞬間、橋の向こう側からも数人の侍たちが忍び寄っているのが見えた。さらに、十数人の黒装束の集団が、駕籠の行く手に現れ、行列に向かっていきなり矢を放ち、手裏剣《しゆりけん》を投げた。

「痴《し》れ者！　伊予三島藩藩主が一子、竹千代君《たけちよぎみ》と知っての狼藉《ろうぜき》か！」

供侍が叫んだが、襲った侍たちに扮《ふん》していたのも、黒装束軍団と同じ忍びの者らしく、まるで狼《おおかみ》のような素早い動きで一行に襲いかかり、一瞬のうちに斬り殺してしまった。

「そいつら、容赦《ようしゃ》なく供侍を殺したものの、武家駕籠から引きずり出された若侍の竹千代は、すぐさま用意されていた唐丸籠に移され、襲った奴らは、死体を始末し、何食わぬ顔で供侍に扮し三島宿まで来て、樋口本陣に、伊予三島藩の者一行として逗留したのだ」

詳細に話した正一郎に、泰平はその異様な光景が夢ではないのかと訊き返した。

「まさに悪夢のようだった……さすがに俺も、ひとりではあの手練《てだ》れ一党には敵うまいと思うてな、様子を見ていたのだ。その時……」

「その時？」

児嶋が身を乗り出すのへ、正一郎が答えた。

「奴らのひとりが、『御家老様にお知らせするため、小田原城下に戻る。よいな、御家老様から、次の報せがくるまで待っておれ』と仲間に言って旅立った……小田原の御家老といえば、横塚内蔵助しかおるまい」

「そんな……」

「つまり、横塚は何が狙いか、まだはっきりとは分からぬが、小梅姫を殺した上で、その許婚を咎人に仕立て上げ、処分するつもりではないか。俺はそう睨んだ。そして、児嶋……おまえたちは、その画策に利用されたのだ」

正一郎にそう言われて、児嶋は愕然《がくぜん》となった。

「琢馬は姫を守るために、城下から逃がしただけなのか」

「おそらく、殿も家老の狙いには気づいておらぬのであろう」

「……では、私たちは、何の罪もない琢馬を斬ったということなのか……」

「ということだな」

同情の顔を見せた正一郎だが、児嶋はがっくりとその場に座り込んでしまった。

「で、どうするつもりだ」

泰平が訊くと、正一郎は自嘲《じちょう》気味に笑みを洩らして、

「さあ、どうするかな。小田原藩と喧嘩をする謂《いわ》れもないしな……つまらぬことに巻き込まれる前に、とっととこの宿場からおさらばするつもりだ」

「嘘をつけ。ならば、どうして、ここへ戻ってきた」

「この若侍たちに、説教するためだ」

「説教？」

「このまま脱藩して、浪人でもせよ。でないと、今頃は国元から、琢馬殺しの下手人として追っ手がかかっているであろう」

「まさか……」

「嘘だと思うなら、国元に戻ってみればよい。おまえたちは、直ちに処刑される」

断言する正一郎を、泰平は制するように割って入り、

「そこまで言い切るのなら、逆に家老を吊《つる》し上げようではないか。のう、児嶋とやら」

「御家老を？」

「ああ。おまえにも少しくらい、心当たりがあるのではないか？　家老が何故、この

ようなシチ面倒臭いことをしてまで、小梅姫と竹千代君をかような目に遭わせたか」

「…………」

「篤《とく》と考えてみるがいい」

泰平はそう助言してから、正一郎に向き直った。

「俺は、偽《にせ》の伊予三島藩に探りを入れてみる。なに、別におまえの手を借りようとは思わぬ。ただし、邪魔はするな。よいな」

「いや……俺も、こいつらに姫君を探す約束をした。無事、藩主に届けた暁には、家臣に推挙して貰う条件でだ。のう、児嶋。その約定、まだ生きておるな」

不敵の笑みを浮かべて、正一郎は項垂《うなだ》れている児嶋の背中をパンと叩いた。

六

世古本陣の布団部屋では、お藤と文左が絵図面を広げて、ひそひそ話をしていた。片隅では、小梅姫がすやすやと眠っている。やはり、慣れない逃亡暮らしに身も心も疲れ切っていたのであろう。

「通りを挟んだ樋口陣屋には、御鷹屋敷がなくなった折、家康公が埋めこんだと思われる金の入った大きな甕《かめ》が、三十程あるらしい。まさに埋蔵金だ」

「埋蔵金……で、その甕には」

「一つの甕に、一万両。つまり三十万両がどっさり入っているわけや」

「うわあッ、凄い。それ、どの辺りに埋められてるのさ」

「丁度……この下のようやな」

座っている畳をポンと叩いた。

「ええ、ここ⁉ 向こうの陣屋じゃないの」

「それが、こっちにも続いてる」

ただし、床下のさらに地中にあると思われる。文左は予《あらかじ》め、覗いてみたのだが、甕らしきものの縁《ふち》が、ほんのわずかに土から露《あら》わになっているのを見つけていた。

「でも、どうやって、三十もの甕を引き上げるのよ。出したとしても、運ぶ手立てもないじゃないのさ」

「それは、ぬかりあらへん。実にうまくできてるのや」

「え？」

「これを見てくれ……」

文左はお宝の絵図面ではなく、どこから持ってきたのか、三島宿の図面もバッと広げてみせた。平面の絵図と立体の絵図、ふたつがあった。それぞれ、小判の入った甕がどこの位置にあって、どの深さにあるかが描かれてあった。

「見てみ……実におもろいやろ」

わくわくした様子で、文左が言った。

「俺たちは、樋口本陣にだけ、目を向けていたが、世古本陣と樋口本陣が街道を挟んで建っている意味がよく分かったよ」

「その意味って？」

「この絵図によると、ふたつの陣屋は土の中で繋がっているのや」

「！………」

「恐らく、宿泊した大名などに何かあったとき……たとえば敵襲とか火事とか……そんなときには、地中の隧道《すいどう》を通って、反対側に逃げることができるようになってる」

「避難するために」

「それだけじゃない……この大きな甕の並べ方を見れば面白い……」

絵図面を指しながら、文左は楽しそうに続けた。

「甕はあらかじめ、それぞれの陣屋から裏手にある水路に向かって、斜《なな》めに設《しつら》えられてある。そして、この隧道の真ん中あたりにある、この杭を抜き払えば、甕はしぜんに傾いて倒れ、次々と転がって、水路まで流れて行く仕掛けになっているのや」

「ほんと!?」

「おそらく、途中に地震なんかで転がらんように楔《くさび》なんかも打ってるだろうが、この真ん中の杭で、ぜんぶ抜けるようになっているに違いない」

啞然として聞いているお藤に、文左はにっこり笑いかけて、

「どうや。なんや嬉しくなってきたやろ」

「…………」

「図面でも分かるように、三島宿には二十幾つもの水路があって、暮らしの役に立っている。飲み水は富士山麓《さんろく》からの伏流水が豊かやしな。実にええ所や。目の前は広大な駿河《するが》湾、後ろには富士を背負い、箱根という要害もある。江戸を守るためにも、東海から西国大名を睨むためにも、素晴らしい地の利や……だからこそ、たんまりお宝がある。それを、きっちり戴こうやないか」

「……なんだか、逆に恐くなってきた」

「俺は別に泥棒をするのやない……このような埋蔵金は諸国に沢山ある。このまま腐らせても仕方がない。世のため人のために使うのや……」

「世のため、人のため、ねえ……」

「それと、もうひとつ夢がある。諸国を巡って、それぞれの地に俺の店を持って、そうやな……鎖のように繋げて、物や金を〝円滑《えんかつ》〟に動かして、この国を豊かにするのや。それを担うのは、俺のような商人しかおらん。そう思うやろ」

文左は自分に酔って、しみじみと語った。

「夢とはなあ、お藤。新しい自分と出会うために旅をすることや……ああ、実にええこと言うなあ」

「誰かの受け売りでしょ、どうせ」

あっさり聞き流して、お藤はバシッと文左の背中を叩いた。

「ま、夢は夢として、今することは何？　地中の隧道の杭を抜くこと？」

「——女は夢がないのう」

と言いながらも、文左は「しからば」と親指を立てた。

七

一方、その夜——。

樋口陣屋の敷地内に、動きの鋭い男がふたり舞い降りた。いずれも黒装束だが、その顔は、昼間、泰平が見かけた三度笠と薬売りであった。

土間の唐丸籠の中で、静かに瞑目《めいもく》していた咎人こと、松平竹千代の目がパッと開き、忍び込んで来た三度笠と視線を合わせた。

「ぬかりはないな……むっ！」

三度笠が長脇差を伸ばして竹千代の縄を切ると、ガッと両手で籠を押し上げた。そして、薬売りが心張《しんば》り棒を外して戸を開けると、外から、数人の侍たちが乗り込んできた。

「目指すは奥の間だ。刃向かう奴は斬ってよい」

竹千代が声をかけると同時に、襖《ふすま》の向こうから声が起こった。

「愚《おろ》か者。死ぬのは、貴様らだ」

すうっと目の前の襖が開くと、そこには弓矢や火縄銃を構えた黒装束の一団が現れ、一際、体の大きな凶悪な顔つきの男が立ちはだかった。目尻から口元にかけて、深い傷痕がある。その端を真っ赤な舌がペロリと舐めた。

「無駄な足掻《あが》きですぞ、竹千代君」

「おまえは……熊木源斎《くまきげんさい》……！」

「さよう。かつては竹千代君のお父上に仕えていた者とはいえ、我らは日陰の身……

覚えていて下さり、有り難き幸せにございます」

熊木源斎は、戦国の世に、相模国を根城にして活躍をしていた風魔小太郎《ふうまこたろう》の直系である。小田原の西、足柄《あしがら》郡の風谷《かぜたに》村に住み着いていて、魔神のように神出鬼没《しんしゅつきぼつ》だったから、風魔一族と呼ばれた。

「控えろ、源斎！　父亡き後は、余が藩主じゃ。かような目に遭わせて、咎人に仕立てて、何を企んでおる」

「あなた様に、江戸入りされては困る。それだけのことでございます」

「困る……だと？　なぜだ」

「それは、あなた様自身の胸に訊いてみれば分かることでしょう。それに……」

「それに？」

「小田原の姫君、小梅様と一緒になられては不都合な御仁がおりますのでな」

「誰じゃ、それは」

「それも、薄々は勘づいているでしょう……あなた様の父上のことを、最も毛嫌いしていた御仁と言えば……」

「まさか……将軍御側用人、柳沢吉保……」

綱吉の寵愛を受け、この元禄の世ではやがて、大老格として幕政を牛耳《ぎゅうじ》り、出羽守《でわのかみ》を名乗り、後に川越《かわごえ》藩や甲府《こうふ》藩の藩主となる幕政の歴史上、最も出世をしたと評される人物である。

「柳沢様の出世にまつわり、色々と我らも水面下で働いたが、そのことを、あなた様の父上は知りすぎた」

「違うであろう……ただ、父を利用しただけだ。踏み台としてな」

「さよう……竹千代君のお父上の推挙がなければ、柳沢様がこれほど上様に信頼されることはありませんでした」

「今にして思う。柳沢は幕府を滅ぼしかねぬ野望を持ち過ぎておる。そのことを、上様にお報せし、目を覚まして貰うつもりじゃ。さすれば『生類憐みの令』などの悪法を改めるであろう」

「さあ。それは、どうですかな……」

「源斎！」

「小田原藩と伊予三島藩が姻戚を結ぶことで、これ以上、親藩に力を蓄えられては困る。とまれ、御一門のあなた様から、上様はもとより、御三家に柳沢様について余計なことを喋られては、元も子もありませぬ。我ら、風魔の命運もまた消されては……困りますのでな」

「……………」

「おとなしくこちらの筋書き通り、謀反《むほん》を企んだ咎人として、小浜山の〝首切り松〟と呼ばれる刑場で、処刑されれば、かような騒ぎを起こさずとも済んだのですが」

熊木は目をギラリとさせると、弓や鉄砲を構える手下に、「やれ」と静かに命じた。

間髪《かんはつ》入れず、矢は放たれ、鉄砲が火を噴いた。

修羅場《しゅらば》となった本陣の一室に、一瞬にして血飛沫《ちしぶき》が飛んだ。竹千代の前で盾となった三度笠と薬売りは血煙で仰け反り、そして、他の藩士たちが必死の抵抗をするも、次々と空しく斬り倒されていく。

「卑怯者めが！」

幸い左肩に被弾しただけの竹千代は刀を奪って、懸命に襲いくる源斎の手下たちと刃を交えたが、腕が違う上に、多勢に無勢。その命は風前の灯火だった。

「源斎！　この恩知らずの、痴れ者！」

必死の覚悟で突きかかる竹千代の刀を、源斎が抜き打ちに打ち落とした。均衡を崩して倒れた竹千代の脳天に、

「覚悟せい」

と二の太刀を落とそうとしたとき、

――カキーン！

寸前、下から撥《は》ね上げられた。

「誰だッ」

目の前には、泰平が立ちはだかっている。

「俺か？　俺は天下の素浪人、泰平だ」

「むう……ふざけおって……」

すぐさま斬りかかってきた源斎の太刀は、両刃の直刀《ちょくとう》で、斬るというより突く技に優れていた。しかも、刀身が重いので、激しく打ちつけられると、泰平の業物《わざもの》でも折られるやもしれぬ。

すっ、すっと巧《たく》みに態をかわしながら、次々と飛び出してくる源斎の刃をよけていた泰平だが、なかなか仕留められなかった。

――かような豪腕、かつて交えたためしがない。

と泰平は思った。しかも、周りからも手下たちが斬り込んでくる。

竹千代も刀を拾って、刃向かおうとするが、

「若君。ここは引くのだ……引け」

そう泰平が叫んだとき、

「旦那ア！　こっちこっち」

と三間（五・四メートル）程先の床から、ひょいと文左が顔を出した。

「急いで、早く！　こっち、こっち！」

竹千代の手を摑むと、泰平はぐいと引いて文左の方へ駆け出した。立ちはだかる者はぶった斬り、泰平は竹千代を地下の隧道に押しやった。

「旦那！　なんで、来ないのやッ」

隧道には、にょろにょろとミミズやムカデが這《は》っており、訳の分からない羽虫もぐちゃぐちゃいたから、泰平はためらったのだ。

「さあ、旦那！」

「お……俺はシンガリを務める。竹千代君を逃がすのだ、行けい！」

鋭く振り返って、泰平は源斎の手下たちをバッサバッサと斬り倒した。だが、ほんの一瞬、その場から離れた隙に、二、三人の忍びが穴蔵に飛び込んだ。

――しまったッ。

戻ろうとしたが泰平の前に、源斎が両手を広げて立ちはだかった。

しかし、次の瞬間、ぐらりと源斎の足下の床が傾き、ひょいと飛びのいた。

泰平も思わず、飛びすさると――。

轟々《ごうごう》と激しい音を立て、幾つもの巨大な甕が隧道を転がってきて、そこに飛び込んだばかりの忍びを巻き込んでいくのが見えた。まさに車輪のように廻っている。

「おお。これが、本陣のお宝。徳川家康が隠せし財宝かァ」

思わず歓喜の声を上げた泰平は、少し勿体《もったい》ないと感じたが、一振り源斎を牽制すると、その場から立ち去ろうとした。

「待て、浪人！」

「………」

「貴様……まこと、ただの素浪人か」

「さよう」

「盗み掘りをしておる〝お宝人〟ではあるまいな」

「俺が？　だったらどうする」

「ならば、ますますもって見逃すわけにはいかん」

「どういう意味だ」

「こっちは、公儀〝お宝人狩り〟だ。幕命で、盗み掘りをする不逞の輩を成敗している者だ。貴様が、その筋の者ならば、聞いたことがあろう」

「………」

「我らは今……柳沢様の差配の下、大事な務めをしているのだ」

かつて、聖武《しょうむ》天皇の古来より伝わる帝の衛士《えじ》がいた。それは、古跡、神社仏閣、墓石などから、いわば貴重な歴史的な遺物や財宝を奪う盗賊を追捕《ついぶ》する密命を、公家・一条兼貞《いちじょうかねさだ》から受けていた。それが、徳川幕府においては、

――将軍の大番方。

の身分で、その隠し財宝を守る〝専門官〟として、伊賀や甲賀、根来《ねごろ》らの忍びが暗躍していたのである。

風魔一族の始祖は元々、渡来人《とらいじん》で、騎馬《きば》軍団を組んでおり、北条早雲《そううん》に仕えた。徳川家とは深い仲でありながら、北条氏を冷遇したゆえに幕府とは対立し、江戸にて盗みを働いているという〝噂〟があるが、実はそうではない。

天下の財宝は、徳川家が築いたものではない。長い歴史の中で蓄えられたものであるがゆえ、風魔はそういう盗賊を密かに始末する側だったのである。密命を帯びて、徳川の世を生き延びているのだった。

「よって……貴様を斬らねばなるまい」

「なんだア？　人殺しの後は、正義を振りかざすのか。〝お宝人狩り〟は名ばかり。実は隠し掘りをして、幕府財政の足しにするつもりであろう。いや……柳沢が自分の

懐に入れるためであろう。それくらいのことは、当たり前のようにやる御仁だ」

「ほざけッ」

鋭く打ちつけてくる太刀は、唸《うな》りをあげて、空を切り裂いた。その勢いたるや、かまいたちのように鋭く、風だけでも身を切られそうだった。

必死に避けていると、梁《はり》から毛虫がポトポト落ちて来る。

「ひえええ！」

振り払うが、襟《えり》から背中に入り込んで、泰平の剣先の動きが鈍った。

さらに、手下の忍びたちが、前後左右から攻めてくるが、

「うわあっ」

悲鳴を上げながら、次々と倒れた。まるで、藁《わら》人形のようにバタバタと折れるので、泰平は何事が起こったのか、俄には分からなかった。すると、

「情けないのう、虫ごときで……そんなまくらな腕で、よく生きて来られたものだ」

ニンマリ笑って、槍で忍びたちを薙《な》ぎ倒し、突き上げていたのは、正一郎だった。

「かたじけない！」

泰平は笑みを返して、名刀龍門国光を握り直すと、バッサバッサと斬り倒した。ま

さに飛龍《ひりゅう》の剣であった。

「おのれ……死ねい！」

源斎が語気を強めたとき、さらに轟々と音を立て、甕が転がってきた。その体勢がわずかに崩れたとき、泰平は翻《ひるがえ》って逃げ出した。屋根や柱までが崩れそうになったからである。

その直感は当たった。

メキメキと地響きすら轟《とどろ》きながら、本陣は傾いていった。

八

翌朝、明け六つ――。

竹千代は小梅姫とともに、箱根の関所の上方口門に立っていた。児嶋たち、小田原藩の若侍と一緒である。

門番が扉を開けた途端、家老の横塚内蔵助を先頭に、二十人ばかりの小田原藩士がドッと出て来た。明らかに捕縛《ほばく》をしようとする勢いだが、その意図を押し殺すように黙したままだった。

「姫君……ご無事でなによりです」

「横塚……」

「琢馬を仕留めた後、児嶋らの報せがなかなか届かぬので、こやつらにも何事か異変があったのかと案じ、馳《は》せ参じた次第でございます」

「黙りなさい。あなたが私を亡き者にし、竹千代君も葬《ほうむ》ろうとしたこと、すでに露顕《ろけん》しています。あなたも武士の端くれならば、潔《いさぎよ》く、この場で腹を切りなさい」

「何を言い出すのかと思えば……」

目尻が鋭く歪《ゆが》んだ横塚を見て、竹千代が姫を庇《かば》うように立った。

「熊木源斎という名を聞けば、すべて分かるのではないか?」

「――熊木……知りませぬな」

「本当に?」

「知りませぬ」

断言した横塚だが、それが本当かどうか、竹千代に確かめる術《すべ》はない。ただ、姫を藩領の外に追いやって消す狙いはあったはずだ。城下で始末すれば、当然、横塚の反目している一派が、詳細に調べにかかるからだ。

「熊木を知らぬなら、横塚殿……あなたも利用されていただけということだ。将軍御側用人の柳沢吉保にな」

「なんだと？」

柳沢吉保という名には、横塚はギクリと反応した。

それを見やって、竹千代は続けた。

「我が伊予三島藩は、いずれ天領に組み込まれ、なくなるであろう。幕府による藩取りつぶしの犠牲になるやもしれませぬ」

「…………」

「御一門の出である我らにすら、かような仕打ちをするのは、上様の存念ではありますまい……おそらく、底知れぬ野望を抱いている柳沢吉保にしかできぬ所行だ。その藩取りつぶし策に、横塚殿も乗せられただけ。江戸に近い小田原藩も同じように天領にしてしまおうという腹づもりなのだ、柳沢は」

「だ、黙れッ」

「今なら、まだ武門の恥を晒さずに済みますぞ。小田原藩を絶やさなければ、横塚家が末代まで栄えるやもしれぬのだ。篤と考えて、腹を切って責めを負えば、小田原の殿にまでは、柳沢の毒牙は及びますまい。柳沢との密約などがあって殿に不忠をしたのであれば、思い改めよ。おぬしの最期のご奉公のつもりで、すべてを語り、潔く致せ」

「………」

「身勝手な幕府の……いや、柳沢の愚政のために、私の父上は廃人同然にされ……大事な家来が沢山殺された……かようなことは、もう御免だ。余は……私は、もう武家を捨てるつもりだ。そして、小梅姫と……ひとりの男と女として、生きてゆくつもりだ」

毅然《きぜん》と言う竹千代の顔を、小梅は愛《いと》しげな目で、じっと見つめていた。どのようなことがあろうとも悔やむことなく、決して泣かないと決意を決めた顔だった。

「──ふん、勝手なご託《たく》をならべおって」

憎々しげに頬を歪めて、横塚は吐き捨てるように、

「ひとりの男と女としてだと？　片腹痛い。できるものなら、やってみろ。どうせ、野垂《のた》れ死にするのが関の山だ」

「心配ご無用。身分がどうであろうと、役職があろうとなかろうと、自由に生きていけることを、天下泰平さんが教えてくれたのだ」

「天下泰平……？」

「さよう」

「ならば、好きにせい。夜盗に殺される前に、我らの手で……」

抜刀するや、竹千代に向けた。同時、バラバラッと家臣たちも白刃を抜き払い、必殺の構えで取り囲んだ。

すぐさま、後ろから、泰平が鋭く声をかけた。

「この期に及んで、往生際《おうじょうぎわ》の悪い奴だな。しかも、白昼堂々と。関所の役人がすぐに飛んで来るぜ、おい」

振り返った横塚は、泰平の顔を見て、アッとなった。その隣で、にまにま笑っている文左のことも思い出したようだ。

「思い出したか、馬糞の一件！」

「貴様ら……巡見使などと出鱈目を申しておったのだな。妙だと思っていたのだ」

「気づくのが遅いよ」

泰平は横塚の切っ先など、全く恐れておらず近づいて、

「なあ、関所の前で、こんなことをしてよいのか」

「関所は小田原領。余計な心配は無用だ」

「だが、番人は公儀の役人だが？」

泰平はずいと横塚の前に出て、小梅姫と竹千代に、早く関所を抜けろと促《うなが》した。児

嶋たちはふたりが去るのを見送って、

「三島宿の一件については、すでに伊豆国代官・伊那半左衛門《はんざえもん》に届けてある。悪い代官も一杯いるが、伊那様のように立派で、正義感の強い代官もいる。横塚……おまえのことは、すでに小田原藩主に直に報せておる」

「！……」

「城に帰ったところで、仕度部屋もないぞ」

「おのれ……」

横塚がいきなり斬りかかると、泰平が鋭く一閃《いっせん》、龍門国光を居合で鞘走らせた。ばっさり――と一刀のもとに、横塚を斬り倒した。その凄腕に、家来たちは一瞬、腰が引けてしまった。ぎらりと振り返った泰平は、

「おまえたちとて、横塚に使われていただけであろう。心を入れ替えて、殿に従えば、また新たな明日がくる」

家来たちはザザッと足を踏みしめて、斬りかかろうと構えたものの、一分の隙もない泰平に、なかなか打ち込むことはできなかった。

「俺は自由気ままに生きている人間だ。欲もあれば、少々のずるはするし、酒も飲むし女とも遊ぶ……人とは、生まれながらに、その人らしく生きるのが一番よい」

黙って聞いている家来たちは、何を言い出すのかと、怪訝に泰平を見つめていた。

「おまえたちの大将、横塚内蔵助も俺も、同じようなものだ。好き勝手に、やりたいようにやっているのだからな。だが……」

「…………」

「心の欲するところに従って、矩《のり》をこえず……俺と横塚の違いは、そこだ」

「…………」

「よいか。おまえたちも、思うがままの人生を送るがよい。だが、決して、人の道をはずれてはならないのだ」

威風《いふう》堂々と語った泰平を、家来たちはぶるぶると震えながら見ていた。

「やり直す気があれば、さあ、すぐにでも姫君を追うのだ。家老については、旅先にて急死。代官がうまく処理してくれよう。さあ、行くがいい」

横塚の家来たちは、泰平の大らかな気持ちに思わず頭を下げて、刀を納めると、それぞれ小走りで関所の門に向かった。

「旦那……なんか、旦那らしくない説教をしやしたねえ……」

「そうか?」

「だって、道を外してばかりやないですか」

「そんなことはない。きちんと、表街道を歩いているではないか。空に顔を向けて、お天道様の光を浴びながらな」

ゆっくりと歩き出す泰平を、文左もひょこひょこと追いかけた。

「またぞろ、鰻でも食いにいくか」

「あ、思い出した。あの鰻代、俺が払ったんやからな。借金は〆《しめ》て、丁度、千両に戻りましたぜ」

「なんでだ。そんなに鰻が高いものかッ。それに、本陣のお宝だって、手に入れたのであろう。三十万両、三十万両、三十万両！」

「やめろ。耳が痛くなる」

と両耳を押さえてから、文左は背中を丸めて、歩みが遅くなった。

「どうした。またぞろ、失敗か」

「――旦那たちを助けるために、あの甕を転がしたンやないですか……お陰で、あれは水路に流れて、パアですわ」

「パアってことはないだろう。水に溶けるもんじゃあるまいし、拾えばよいではないか」

「あんなもん、誰が拾うもんですか。子供だけですわ、拾うのは」

「どういうことだ」

「あのでっかい三十もの甕に入っていたのは、小判ではなくて、銭だったのや。寛永通宝《つうほう》……そりゃ、どっさりありますよ。でも、ぜ〜んぶ、拾い集めたところで、五十両にもなりません」

「五十両！　大金ではないか！」

「何処へ流れたかも分からないものを……その労力を考えたら割に合わん……宿場の人々がちょこちょこ拾い集めて、壊れた本陣や時の鐘の修繕費用にあてるのやて」

「そうか……いや、実に勿体ないなあ……五十両だぞ。鰻が二千匹、いや、三千匹は食えるではないか」

「そこですかい……」

なんだか気落ちがして、腹も減って、とぼとぼ歩いていると、道端の地蔵に供えられている饅頭《まんじゆう》が目に留まった。実に、大きな饅頭で、すぐにでも取って食べたい気分だった。

「文左……本当に、一文も持ってないのか」

「あのお藤のやろうが、俺のなけなしの金まで持ち逃げしやがって……本陣に泊まっていた、羽振《はぶ》りのよさそうな、どこぞのお武家について行きよりましたぜ。あの恩知らずの女めが」

「何を考えてるのか……」

「旦那もね」

ふたりはお藤の話をしながら、さりげなく牽制して、どっちが先に饅頭を手にするか、様子を窺っていた。

「武士は食わねど高楊枝……じゃないんですよね、旦那……でも、さっき、人の道を外すなと説教した人間が、そりゃ、あきまへんよ」

と文左は横目で睨んだ。

「俺は別に……」

そう言いながらも、しぜんと足早になっている泰平に、負けじと文左も駆け出して、勢いよく一緒に飛びついた──はずだが、目の前の饅頭がパッと消えた。

「!?……」

驚いて、振り返ったふたりの目に飛び込んできたのは、無表情で立っている正一郎であった。いつものように槍を掲げているが、その穂先には、

──ぐさり。

と地蔵の饅頭が突き刺さっていた。

「おい。どういう了見や。見つけたのは俺が先や。返せッ」

「ふん……」

ソッポを向いて、正一郎は何事もなかったように淡々と先へ歩き出した。

「なるほど。槍の河田も、立派な浪人になったという証だ。あはは」

豪快に笑って見やる泰平の行く手には、日本一の名峰富士が聳《そび》え、青々とした駿河湾が果てしなく広がっていた。

あっぱれ日本晴れ。男の街道は、どこまでも続く——。

一〇〇字書評

切り取り線

購買動機（新聞、雑誌名を記入するか、あるいは○をつけてください）

□（　　　　　　　　）の広告を見て	
□（　　　　　　　　）の書評を見て	
□ 知人のすすめで	□ タイトルに惹かれて
□ カバーがよかったから	□ 内容が面白そうだから
□ 好きな作家だから	□ 好きな分野の本だから

●最近、最も感銘を受けた作品名をお書きください

●あなたのお好きな作家名をお書きください

●その他、ご要望がありましたらお書きください

住所	〒				
氏名		職業		年齢	
Eメール	※携帯には配信できません	新刊情報等のメール配信を希望する・しない			

あなたにお願い

この本の感想を、編集部までお寄せいただけたらありがたく存じます。今後の企画の参考にさせていただきます。Eメールでも結構です。

いただいた「一〇〇字書評」は、新聞・雑誌等に紹介させていただくことがあります。その場合はお礼として特製図書カードを差し上げます。

前ページの原稿用紙に書評をお書きの上、切り取り、左記までお送り下さい。宛先の住所は不要です。

なお、ご記入いただいたお名前、ご住所等は、書評紹介の事前了解、謝礼のお届けのためだけに利用し、そのほかの目的のために利用することはありません。

〒一〇一―八七〇一
祥伝社文庫編集長　加藤　淳
☎〇三（三二六五）二〇八〇
bunko@shodensha.co.jp

祥伝社ホームページの「ブックレビュー」
からも、書き込めます。
http://www.shodensha.co.jp/bookreview/

祥伝社文庫

上質のエンターテインメントを！　珠玉のエスプリを！

祥伝社文庫は創刊15周年を迎える2000年を機に、ここに新たな宣言をいたします。いつの世にも変わらない価値観、つまり「豊かな心」「深い知恵」「大きな楽しみ」に満ちた作品を厳選し、次代を拓く書下ろし作品を大胆に起用し、読者の皆様の心に響く文庫を目指します。どうぞご意見、ご希望を編集部までお寄せくださるよう、お願いいたします。

2000年1月1日　　祥伝社文庫編集部

鬼縛《おにしば》り　天下泰平《てんかたいへい》かぶき旅《たび》　時代小説

平成22年4月20日　初版第1刷発行

著者　井《い》川《かわ》香《こう》四《し》郎《ろう》

発行者　竹内和芳

発行所　祥《しょう》伝《でん》社《しゃ》

東京都千代田区神田神保町3-6-5

九段尚学ビル　〒101-8701

☎03(3265)2081(販売部)

☎03(3265)2080(編集部)

☎03(3265)3622(業務部)

印刷所　堀内印刷

製本所　積信堂

造本には十分注意しておりますが、万一、落丁、乱丁などの不良品がありましたら、「業務部」あてにお送り下さい。送料小社負担にてお取り替えいたします。

ISBN978-4-396-33573-1 C0193

祥伝社のホームページ・http://www.shodensha.co.jp/

祥伝社文庫

藤井邦夫　逃れ者　素浪人稼業

長屋に暮らし、日雇い仕事で食いつなぐ、萬稼業の素浪人・矢吹平八郎。貧しさに負けず義を貫く！

藤井邦夫　蔵法師　素浪人稼業

蔵番の用心棒になった矢吹平八郎。雇い主は十歳の娘。だが、父娘が無残にも殺され、平八郎が立つ！

藤井邦夫　命懸け

大藩を揺るがす荷届け仕事!? 金一分で託された荷の争奪戦。包囲された平八郎の運命やいかに！

藤原緋沙子　恋椿　橋廻り同心・平七郎控

橋上に芽生える愛、終わる命…橋廻り同心平七郎と瓦版屋女主人おこうの人情味溢れる江戸橋づくし物語。

藤原緋沙子　火の華《はな》　橋廻り同心・平七郎控

橋上に情けあり。生き別れ、死に別れ、そして出会い。情をもって剣をふるう、橋づくし物語第二弾。

藤原緋沙子　雪舞い　橋廻り同心・平七郎控

一度はあきらめた恋の再燃。逢えぬ娘を近くで見守る父。――橋上に交差する人生模様。橋づくし物語第三弾。

祥伝社文庫

藤原緋沙子　**夕《ゆ》立《だ》ち　橋廻り同心・平七郎控**

雨の中、橋に佇む女の姿。橋を預かる、北町奉行所橋廻り同心・平七郎の人情裁き。好評シリーズ第四弾。

藤原緋沙子　**冬萌え　橋廻り同心・平七郎控**

泥棒捕縛に手柄の娘の秘密。高利貸しの優しい顔――橋の上での人生の悲喜こもごも。人気シリーズ第五弾。

藤原緋沙子　**夢の浮き橋　橋廻り同心・平七郎控**

永代橋の崩落で両親を失い、深い傷を負ったお幸を癒《いや》した与七《よしち》に盗賊の疑いが―橋廻り同心第六弾！

藤原緋沙子　**蚊遣り火　橋廻り同心・平七郎控**

杉の青葉などをいぶし蚊を追い払う蚊遣り火を庭で焚く女。じっと見つめる男。二人の悲恋が新たな疑惑を…。

藤原緋沙子　**梅灯り　橋廻り同心・平七郎控**

生き別れた母を探し求める少年僧に危機が！　平七郎の人情裁きや、いかに！

藤原緋沙子　**麦湯の女　橋廻り同心・平七郎控**

「命に代えても申しません」自らを犠牲にしてまで犯人を庇う娘のひたむきな想いとは……。待望の第九弾。